MARLENE KRISPER

Dora Dunkl

Eine Nacherzählung

SERIE LITERATUR DER edw IM
VERLAG & GALERIE STEYRDORF

»... Eine Frau in rotem Kleid mit schwarzem Hut geht durch die Enge, und jeder dreht sich nach ihr um. Eine große, stattliche Frau, die Lippen stark geschminkt, ein starkes Dekolleté mit Raffinesse gebändigt. Erhobenen Hauptes sieht sie über alle Menschen drüber, ich nehme meinen Mut zusammen und sage ›Guten Morgen, gnädige Frau.‹ Und sie, die ernsten Blicks an mir vorübergeht, setzt ohne Übergang ein Lächeln auf und sagt ›Guten Morgen...‹ mit einer Größe und Wärme, die in diese kleinbürgerliche Stadt gar nicht hineinpassen wollen.
Sie war eine außergewöhnliche Erscheinung. Wenn sie durch die Enge ging, hat sie diese Enge gleichsam gesprengt, die Menschen im Vergleich zu ihr waren so winzig, kleine Menschen, auch im Verhalten. Sie erinnerte mich sehr an die südländische Frau, die von Natur aus erotische, selbstbewußte Frau. Sie war ein Paradiesvogel, der sich in die Kleinstadt verflogen hatte. Ich war auch bei ihren Lesungen – als kleiner Mann ein großer Verehrer ihrer Kunst – ihre Gedichte waren voller Tragik und Intensität, mit großem Pathos und großer Gestik vorgetragen, diese Gedichte waren sie selbst.« [1]

»Auf der großen Wiese
blühen Blumen auf Draht«

WALTRAUD SCHOTTENLOHER

1

Würzburg, Traubengasse 15: eines der drei stolzen mehrstöckigen Zinshäuser aus der Gründerzeit in bester Lage. An einem Jännermorgen des Jahres 1929 verläßt die Familie Doktor Schottenloher diesen Besitz und übersiedelt in ein Haus am Stadtrand der niederbayerischen Kleinstadt Deggendorf.

Die dreijährige Waltraud weiß nichts vom Warum, ahnt nur, daß Entscheidendes geschieht und sichert ihre Rolle in dem Spiel. Sie klettert auf den vollbepackten Möbelwagen und erobert ihren Platz hoch oben im Fahrerhaus. Groß ist die Enttäuschung, als der Vater sie herunterholt, selbst den hohen Platz einnimmt und das Kind die Reise mit dem Zug antreten muß. Es trösten sie der Platz am Fenster und Hans, der große Bruder. Er hat manches eingesteckt, womit er die kleine Schwester verwundern kann: das abgetretene, vertrocknete Ende einer Eidechse oder einen Taschenkamm, dem alle Mittelzähne fehlen. Er läßt sie raten, in welcher Tasche was verborgen sei und woher die Funde stammen könnten. So verläuft die Bahnfahrt ruhig, die Gedanken der Mutter sind dem Ziel voraus, im Ungewissen. Um das Warum weiß sie leidvoll Bescheid.

Das neue Heim entspricht dem bisher bürgerlichen Status. Der Mann hat vorgesorgt. Eine großräumige Mietwohnung im Parterre der Villa Bahnhofstraße 33 läßt den Ärztehaushalt in gewohnter Weise weiterführen. Ein fünfköpfiger Haushalt, zählt man Maria, die für alles Zuständige, hinzu. Das neue Leben geht seinen

Alltag. Täuscht aber nicht hinweg über den Wechsel von fränkischer Helle in dunklere Provinz. Kleinkrämerische Enge, Beobachtung, Begutachtung rundum. Sie macht jedoch bald halt vor der angeborenen Würde Hedwig Schottenlohers. Wie sie die Menschen grüßt, wie sie das Haus verläßt (nie ohne Hut), daß sie täglich zur Morgenmesse geht, im Muff den Armenpfennig vorbereitet, das wird vermerkt und bewirkt respektvolle Distanz. Ihrem Mann wird jene Grundachtung entgegengebracht, die man Ärzten als Blankoscheck entgegenbringt. Vor ihm zieht man den Hut.

Doktor Schottenloher obliegt der Aufbau des Gesundheitsamtes. Als ob er in einem Tag die Welt erschaffen müßte, macht er sich an die Arbeit. Führt Reihenuntersuchungen durch, statistische Erhebungen, sucht die Zusammenarbeit mit Krankenhäusern und Schulen, achtet auf die Einhaltung der Pflichtimpfungen bei Säuglingen, gibt eine kleine Schrift heraus, das sogenannte Gesundheitsbüchlein. Es festigt sich sein Ruf als Diagnostiker, er sieht den Menschen an, was ihnen fehlt, mehr und mehr Patienten suchen ihn privat auf, bald hat er Zulauf aus dem gesamten Landkreis.

2

Waltraud liebt den Garten hinter dem Haus. Sie klettert auf den Steinsockel des Eisenzaunes, steckt den Kopf durch das Lanzengitter und wartet auf den Bruder. Er

Waltraud mit Bruder Hans Roderich um 1930

geht in die dritte Klasse Volksschule. Wenn er nach Hause kommt, erspäht sie ihn von weitem und ruft ihm lauthals entgegen:

Es gibt Fröschebein und Krebs und Fisch!

Sie besteht auf einer zwillingsgleichen Schultasche mit identem Inhalt, kopiert die Schriftzeichen unbekannten Sinns, schleppt Bücher und Hefte bedeutungsschwer durch das Haus. Schule wird zum Sehnsuchtsort:

Waltraud auch!

Der Weg dorthin wird an der Hand von Maria schon Jahre voraus abgegangen. Noch zweimal Weihnachten und einmal Ostern, und Waltraud mit den Zweitnamen Barbara (nach der Würzburger Lieblingstante), Dorothea (nach der Großmutter mütterlicherseits) ist ordentliche Schülerin bei den Englischen Fräuleins in Maria Ward. Hans Roderich ist Gymnasiast bei den Benediktinern im Kloster Metten. Er geht ins Internat und pendelt an den Wochenenden. Die katholische Erziehung der Kinder ist gewiß, sie ist der Mutter wichtig.

3

Man schreibt das Jahr 1932. Drei Jahre Wirtschaftskrise nähern sich einem Tiefpunkt. Das alltägliche Bild. Leute betteln. Auch solche, die gut angezogen sind. Selbst Beamtengehälter werden schmal. Johann Schottenloher wird als Arzt mit Naturalien gut entlohnt. Auf seinen Impffahrten durchs bäuerliche Land nimmt er die kleine Waltraud mit, sie wirkt als Sesam öffne dich. Es mangelt nie an Speck und Eiern, auch Landwein lagert im Regal. Hedwig achtet ungeachtet der budgetären Knappheit auf Einhaltung der Form. Der Tisch ist sorgsam gedeckt, nach Maria wird geklingelt, sie trägt auf, legt vor, deckt ab. Das Silber wird einmal monatlich poliert, die Gläser gegen das Licht gehalten. Gerade sitzen und nicht als erster hingreifen.

Ach Hans, du läßt den Kindern alles durchgehen.

Auf das Tischgebet wird nicht vergessen. Während der Mahlzeiten darf jedoch gesprochen werden.

Papa, Rose reimt sich auf Narkose.

Ja, stimmt.

Und Mimose –

Ja, auch.

Der familiäre sonntägliche Kirchgang. Michael Fischers Kirche zum Heiligen Grab liegt dem Rathaus gegenüber und beschließt den Stadtplatz.

Roderich, wart auf mich!

Ach, was der laufen kann. In der Kirchenbank trifft man sich wieder. Während der Orgelklänge zum Auszug zerrt Waltraud ihren Bruder zum magischen Ort des schaurigen Geschehens, dort unter die Orgelempore, wo zwei überlebensgroße Männer schwere Hämmer schwingen und auf einen riesigen Amboß einschlagen. Sie zertrümmern geweihte Hostien, das Jesuskind schwebt knapp darüber, in weißem Gewand, die kleinen Arme hilferingend ausgebreitet.

Das waren böse Deggendorfer Juden, man hat sie auch dafür bestraft, die sind schon lange mausetot, schau her, sooo mausetot ...

Und Roderich drückt und würgt die Schwester, bis sie um Gnade fleht, sie hat verstanden. Bei den Englischen Fräulein bringt sie die Geschichte vor, die frommen Schwestern bestätigen den Sachverhalt, auch die Mutter weiß Bescheid, wenn auch mit Vorbehalt, die böse Tat gräbt sich im Herzen ein. Es tröstet nur, daß dieser Frevel ohne Folgen, die Hostien unversehrt geblieben, und Jahr für Jahr die Hostienwallfahrt an diese Schreckenstat erinnert.

Jahre später, als die Legende sich als falsch erweist, ja sich ins Gegenteil verkehrt, weil umgekehrt die Schuld am Deggendorfer Judenmord zum Himmel schreit, wird die Wahrheit totgeschwiegen, die Verleumdung hängt noch in der Luft, zu lange war sie gesicherter Bestand des Vorurteils. Das Mädchen ahnt, daß Recht von Unrecht nicht zu trennen und auf der Welt mit Lug und Trug zu rechnen ist.

4

Waltrauds Herz gehört der Schule. Hier wird man auf sie aufmerksam, schenkt ihr Gehör, wann immer sie Gehörs bedarf. Zu allem hat sie eine Meinung, und tut sie kund, auch ungefragt. Ihr Fleiß ist grenzenlos. Jede häusliche Aufgabe, von den Mitschülern meist pflichtgemäß erledigt, fordert ihre ganze Hingabe, wird weit über das Verlangte ausgeschöpft. Ein Einser ist die Pflicht, ein römischer die Kür. Und so lautet die verbale Beurteilung der Englischen Fräulein: *kräftig gebaut, sehr guter Verstand, heiteres, umgängliches Gemüt, starker Wille, geht stürmisch voran, reißt mit.* Ein Lebensstrickmuster.

Sie hat keine wirkliche Freundin, es ist die eine oder andere, die Klavierstundenfreundin, die Rechenaufgabenfreundin, aber es sind Schattenwesen in ihrem Schlepptau: » … sie war lieblich, ich hatte sie gern, wie etwas Zufälliges, das, nach kurzem Anstreifen, wieder völlig aus dem Leben verschwindet.« [2]

Hedwig achtet auf den richtigen Umgang ihrer Tochter mit Kindern befreundeter Lehrer-, Offiziers- und Ärztefamilien. Sie selbst, aus alteingesessener Würzburger Kaufmannsfamilie, genoß die klassische Erziehung höherer Lyzeumstöchter mit Klavierunterricht und französischer Konversation. Der mächtige schwarze Ehrbarflügel ist das bildungsbürgerliche Erbe und okkupiert den Salon. Schuberts Impromptu in As-Dur und das Frühlingsrauschen von Sinding gehören zu Hedwigs Standardrepertoire. Wenn Bärbl, ihre ältere und einzige Schwester, aus Würzburg kommt – und sie kommt oft und bleibt Tage und bleibt Wochen – wird vierhändig gespielt, und es geschieht im selben Takt sichtbar schwesterliche Verjüngung. Dem Klavier entkommt auch Waltraud nicht. Mit neun täglich eine Stunde Czernys Schule der Geläufigkeit. Und wie das Amen im Gebet ertönt es aus dem Ohrensessel: falsch! Als ob sie es nicht selber hörte. Aber die bewußte Stelle herausüben will sie nicht. Geduld ist ihre Sache nicht, Klaviergeduld schon gar nicht. Beim Falsch! hält sie sich die Ohren zu.

5

Bärbl, Bäbile, Bärbele, die ledig gebliebene Tante wacht über allem. Sie war zu wählerisch, wie es heißt, und ihre ganze fürsorgliche Hingabe mündet in *Hediles* Familie. Die Schutzengeltante, bisweilen Schutzmantelmadonna, die Allwissende, die Rettende, sich in alles Einmischende. Sie übernimmt die Haushaltsführung, das Wirtschaftsgeld, Diagnose und Therapie bei Krankheiten, Unglücksfällen und sonstigen Widrigkeiten. *Waltraudile* ist Schützling und Verbündete. Beim Ameisenfangen darf sie den Topf mit Zuckerwasser füllen, ihn mit Papier zubinden. Die Tante schneidet das pfenniggroße Loch in die Mitte. Die Ameisen kriechen hinein und erleiden ihren verdienten Untergang. Gottgefällige, weil nützliche Grausamkeit.

Die Tante hat auch teil am Verschweigen, Verdunkeln und Verschonen.

Wo ist der Vater?

Er wird bald kommen, morgen vielleicht.

Er ist aber schon so lange weg.

Weil er so viel arbeitet und sich erholen muß.

Das kann er doch mit uns am besten.

Gewiß, Traudile, und auch am liebsten.

Das schwesterliche Geflüster hinter geschlossener Tür, das Blicketauschen und stille Seufzen. Das Warten. Es ist wie mit dem Christkind, an das man glauben muß, sonst kommt es am Ende nicht wieder. Und wenn der Vater dann nach langer, sprachloser Abwesenheit wieder da ist, wird ihm ein gnädiger Schweigemantel übergeworfen. Nur Marias stumme Mimik spricht Bände. Wenn Vater *dort* war, durfte man ihn nicht besuchen. Wenn er wieder *da* war, hieß es, er sei zum letzten Mal *dort* gewesen. Das Kind versucht dem Rätsel reimend beizukommen:

Was gibt es dort, was es da nicht gibt und was der Papa gar so liebt?

Der Vater rundet eine hohle Hand, deren Öffnen sich das Kind erkämpft, und tatsächlich hat er ihr *von dort* etwas mitgebracht: ein Magnet! Die dazugehörigen Eisenspäne zieht er Hokuspokus aus dem Ärmel. Die Ablenkung gelingt und löst sich in übertriebener Heiterkeit. Der Vater ist für Witz und Überraschung zuständig, und was so lange fehlte, wird wieder eingefordert, das *dort* wird einfach abgekoppelt.

Die Anzeichen mehren sich, wenn es *wieder so weit* ist. Sie kommen und gehen wie die Jahreszeiten. Wenn er leer vor sich hinschaut, grundlos lacht und plötzlich aufsteht, unruhig suchend auf und abgeht und alle Uhren aufzieht. Als das Kind ein zerbrochenes Glasröhrchen findet, mit Resten einer nach Mandeln riechenden Flüssigkeit, und es der Mutter zeigt in der kindlichen Hoffnung, dafür gelobt zu werden, zerbricht die schützende Geheimniswelt, das Codewort *Morphium* ist entschlüsselt. Und rückerinnernd erklärt sich das Bild eines Vaters, der zitternd und frierend in seinem kalten Schweiß im Bett liegt, und der einmal in lautes Weinen ausbricht.

»Ich weiß nichts Schrecklicheres als das furchtbare Schluchzen hinter der Tür – und ich möchte mich auf den Boden werfen und wie ein Hund in die Nacht heulen.« [3]

In den Koffer wird das Nämliche eingepackt, vielleicht ist er seit dem letzten Mal gar nicht ausgepackt worden, so bereit steht er in der Ecke des Schrankzimmers. Der Entzug ist ernst, wie alle diesbezüglichen Versuche vorher.

Der wahre Grund der wiederholten Abwesenheit Doktor Schottenlohers spricht sich bei den Patienten herum, es wird gemunkelt, daß er nicht freiwillig nach Deggendorf gekommen, sondern vielmehr hierher versetzt worden sei, als seine Sucht in Würzburg aktenkundig geworden war.

Tante Bärbl hilft in diesen Zeiten des Verdienstentgangs. Mit Hundertmarkscheinen (samt Anleitung für den Verwendungszweck) und seelischem Beistand. Sie verwaltet und vermietet die Würzburgischen Zinshäuser im selbstsicheren Bewußtsein, davon auch ohne Mann leben zu können.

6

Doktor Schottenloher hat fast das Schicksal eines Findelkindes: viel herumgeschoben, stets angepaßt, nie aufgemuckt, immer dankbar und aus dieser Dankbarkeit heraus etwas leisten wollen. Geboren im niederbayerischen Mamming, als Sohn eines Schlossermeisters, verliert er mit zwei Jahren seinen Vater und mit sechs Jahren seine Mutter. Beide verstarben an Lungentuberkulose, gegen welche es zu Ende des Jahrhunderts keine Rettung gab. Er und seine jüngere Schwester sind Vollwaisen, kommen in verschiedene Familien auf dem Land zur Pflege und verlieren sich aus den Augen. Hans, der Hüterbub und Hirte, hat Höheres vor. Den träumerischen Blick und eine Begabung allgemeiner Art bemerkt ein Pater des ansässigen Minoritenklosters, beherbergt ihn als Internatsschüler, bleibt sein Protektor bis zur angehenden Gymnasialzeit. In Würzburg abituriert er in klösterlicher Obsorge, das Studium der Medizin wird ihm ermöglicht, welches er in kürzester Zeit mit ausgezeichnetem Erfolg abschließt.

In seinem Innersten weiß er, ganz aus sich selbst der geworden zu sein, der er ist. Und er steht nicht an, um das Mädchen zu werben, das ihm gefällt. Und sie gefällt ihm ungemein. Bei einer studentischen Tanzveranstaltung lernt er sie kennen, bewundert ihre kecke Haltung, die lächelnde Distanz der Unerreichbaren, die gerade er zu erreichen sucht. Er wirbt mit dem Charme des akademischen Hüterbuben und schlägt die standesgemäßen Partien des Würzburgischen Kommerzadels aus dem Feld. Hedwig ist angetan von seiner selbstverständlichen Art, und daß er sie zum Lachen bringt, sie weiß nicht wie, und meint, es werde gut gehen, wenn er das meine.

Zwischen Tanzschule und Hochzeit steht der Erste Weltkrieg. Hans wird eingezogen, ist im Fronteinsatz und wird zugleich der Sanität zugeteilt. Morphium wurde auf den Schlachtfeldern des 19. und 20. Jahrhunderts zur Schmerzstillung und als Beruhigungsmittel eingesetzt. Im Glauben, daß dieser chemisch verfeinerte Stoff im Unterschied zu Opium nicht süchtig mache, verabreichte man ohne zwingende Notwendigkeit noch weitere Dosen, um den Verletzten ein fortgesetztes Wohlbefinden zu gewährleisten. Dieser Fortschrittsglaube stellte sich als Irrtum heraus und der Begriff Soldatenkrankheit stand für Morphinismus. Apotheker, Ärzte, medizinisches Personal hatten leichten Zugang zum Stoff. Und es war schwer zu tragen, was einem das Lazarett an täglicher Tristesse abverlangte. Die Verlockung, sich angenehme Gefühle zu verschaffen, war groß.

Der Universitätsassistent Dr. med. Hans Schottenloher hat Interesse an wissenschaftlichen Fakten und will die Ursachen des Morphiumhungers an sich selbst testen.

Oder gibt es vor.

Er schlittert in den Sog der Sucht und kann nicht einmal sich selbst glauben machen, jederzeit davon lassen zu können. Er wird auch nicht dazu gedrängt, fühlt sich kollegial integriert, kann seine Abhängigkeit regulieren, lebbar gestalten und so jenen heiteren Trost spenden, der punktuell, aus der besonderen Situation heraus von ihm gefordert wird.

7

Hedwig hat gewartet. Ein Jahr nach Kriegsende wird das Aufgebot bestellt. Zur Hochzeit trägt Hans am Revers einen Orden: er hat im Krieg eine hohe Auszeichnung erworben und darf sich fortan Ritter von Schottenloher nennen, was der Schwiegerfamilie gewissen Glanz einbringt. In Hemau, nahe Regensburg, eröffnet er eine Landpraxis, ein Jahr darauf wird Hans Roderich geboren – ein aufstrebendes Familienglück wie nach Plan. Hedwigs Vater, der Zigarrenhändler Johann Kraus, macht seinen Einfluß geltend und holt das junge Paar zurück nach Würzburg, wo sich die Stelle eines Landgerichtsarztes aufgetan hat.

Am 13. Oktober 1925 kommt Waltraud zur Welt, nach Hedwigs Wunsch eine Hausgeburt. Man hat Personal, ein Mädchen wird zusätzlich eingestellt, es kümmert sich nur um die glückwünschenden Besucher und die Bewässerung der Blumen.

Wie es sich gehört, nimmt Hedwig das häusliche Heft in die Hand und installiert ihr gutbürgerlich kultiviertes Haus mit musischem Einschlag. Es gibt so etwas wie einen jour fixe, an welchem Hans sporadisch teilnimmt. Hedwig hat es mit den *drei Ems*, sagt er: mit der Musik, der Malerei und der Meditation. Er läßt seine Frau gewähren, es ist ihm recht und kommt ihm zugute, der *pater familias* eines noblen Hauses zu sein.

Ein häufiger Gast, ehemals ehrgeiziger Studienkollege von Hans, erkennt und deutet dessen euphorische Auffälligkeit, macht sie im Bekanntenkreis und auch an höherer Stelle publik. Einige ungeklärte Rezepturen sind plötzlich Gegenstand langwieriger Untersuchungen. Hans wirft das Handtuch, Deggendorf ist der Rettungsanker.

8

Hedwig hat gelernt, mit ihrem Hans zu leben – und einem ganz anderen. Den Schein zu wahren kostet Energie – nur kein zweites Würzburg. Sie deckt ihn nach außen und schützt ihn nach innen, aber akzeptieren kann sie sein zweites Leben nicht. Sie duldet und leidet, und jedes Ihm-zuliebe-Tun ist stummer Vorwurf.

Wenn er im selig benommenen Zustand mit schwerer Zunge zu ihr spricht, gelöst und abgetaucht in eine paradiesische Welt, hat sie den verzweifelten Wunsch, es ihm gleichzutun, um jenes fremde Wesen mit ihm zu teilen. Welche Ängste muß er betäuben, welche Schmerzen stillen? Welch Unbegreifliches will er sich faßbar machen?

Vielleicht ist jeder Entzug nur sinnlose Tortur, qualvolle Kampfpause mit dem Moloch Morphium. Sie weiß, daß er *dort* leidet wie ein hilfloses Tier. Es ist als ob alle Sicherungen durchbrennten, die übersteuerte Erregung läßt ihn frieren, tanzen, toben, heulen. Und jedes Mal heißt es: das letzte Mal.

Hedwig hat längst resigniert, entsorgt die Spritzen und Ampullen, die ihm aus der müden Hand fallen, verarztet die wunden Einstichstellen an Arm und Schenkel, fällt mit ihm in zentnertiefen Schlaf. Das häusliche

Leben fährt wie ein Eilzug an ihm vorbei, es betrifft ihn nichts außer der augenblicklichen Beschaffung des Stoffes, er hat kein Gefühl von Schuld, er panzert sich mit aggressiver Teilnahmslosigkeit, wiewohl er Frau und Kinder liebt – ja sehr.

Wie anders erleben ihn die Patienten: immer offenen Ohrs, voll Anteilnahme – und landauf landab charmant!

9

Waltraud entwickelt ein feines Sensorium für die jeweilige Befindlichkeit von Vater und Mutter, sie pendelt zwischen Ahnung und Wissen. Sie möchte gern Prinzessin sein, den Mandelsaft rauben – und kosten, mit ihren Küssen den Vaterfrosch zum Prinzen machen, der er einst gewesen, um ihn der geliebten Mutter wiederzuschenken. Doch sie ist ausgeschlossen aus der elterlichen Geheimniswelt. Und wenn sie weder *da* noch *dort* Zugang findet, hält sie sich an Roderich, tritt ein in seine wirkliche oder imaginierte Tierwelt. In Metten ist er von seinen Mitschülern teils belächelt, teils bewundert ob seiner exzentrischen Experimente: er verzehrt vor deren Augen Regenwürmer oder beißt Maikäfern den Kopf ab und behauptet, sie schmeckten nach Nüssen, mit Schlangen pflegt er natürlichen Umgang, sie haben bei ihm Behausung und können unvermittelt aus irgendeiner Öffnung hervorkriechen. Seine bevorzugte Lektüre sind Ovids ›Metamorphosen‹, wo der Mensch sich naturgemäß in Tier oder Pflanze verwandelt. Waltraud setzt sich bei Bedarf in seinen animalischen Kopf oder schafft ihre eigene Wirklichkeit:

» ... ich lag im Gras und hielt den kleinen geraubten Spiegel über mich und holte die Sonne und lockte sie, wohin ich wollte, auf die Spitze der Akazie und in die dunkle Höhle, ich setzte sie auf den Rücken einer Amsel, und ließ sie über Felsen tanzen ...« [4]

Ihr schulischer Ehrgeiz ist ungebrochen. Sie wechselt vom Mädchenlyzeum in die Oberrealschule Deggendorf, die ehemals Königliche Realschule. Ein schloßartiges Gebäude auf einer leichten Anhöhe. Sie ist elf Jahre alt, behauptet sich unter der Überzahl von Jungen, ist sich ihrer Position bewußt und kämpferisch eingestellt. Einmal, als sie nach einem Wolkenbruch ihren Regenschirm als aufgeschlitztes Gerippe wiederfindet und dem Gelächter der Buben ausgesetzt ist, zögert sie nicht lange:

» ... ich warf Mappe und Schirm auf die Straße, sprang in die widerliche Masse, an dem glucksenden Langen in die Höhe und klatschte ihm meine Hände ins Gesicht ...« [5]

Und wenn ihr einer ob ihrer braunen Beine immer wieder *Negerweibi* nachruft, kontert sie mit »Du bleicher Grottenolm du«.

Ihre Waffe ist die Sprache. *Ein stark ausgeprägtes Gefühlsleben und eine rege Vorstellungsgabe ermöglichen der Schülerin eine überraschend gute Handhabung der Muttersprache im schriftlichen als auch im mündlichen Ausdruck,* heißt es im Schülerbeschreibungsblatt des ersten Jahrgangs. Mathematik liegt ihr nicht.

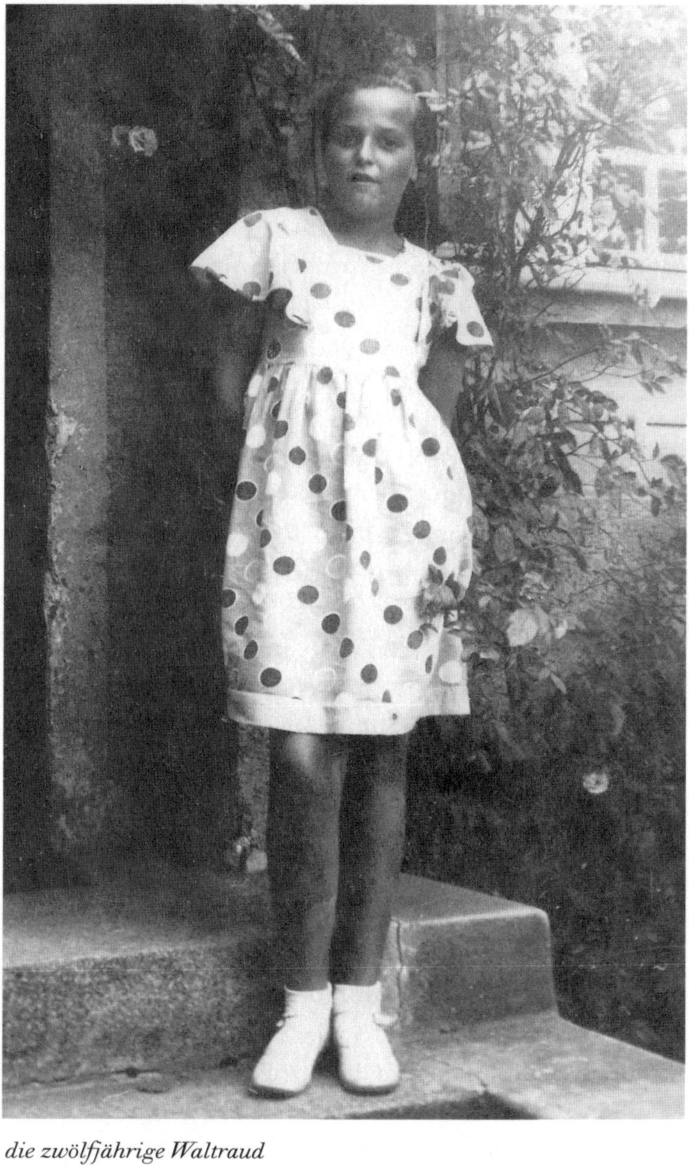

die zwölfjährige Waltraud

Dreißig Jahre später faßt Dora Dunkl ihre Gymnasialzeit lakonisch zusammen:

»Ich hatte 8 Jahre Französisch, 6 Jahre Englisch, 3 Jahre Latein und viel Mathematik.«

Eine gute Schwimmerin: »...mit dem Kopf durchs Wasser ging es leichter als mit dem Kopf durch die Wand«, aber unbegabte Turnerin. Sie ist kräftig, aber nicht biegsam, sie stakst. Springt mutig ab und landet plump, kommt nicht ohne Hilfe über den Schwebebalken, die Kniewelle auf dem Reck übt sie solange, bis die Kniekehlen aufgeschunden sind. Der junge Lehrer von der Reichssportschule Berlin hat Einsicht und legt mildernd eine Stunde Ausdruckstanz ein.

»Bei mir ist es umgekehrt als bei Goethe: von Mutter hab ich die Statur ... vom Väterchen die Frohnatur und Lust zu fabulieren.«

Die Professoren neigen dazu, der strebsamen Schülerin kleine Schwächen nachzusehen, so als fürchteten sie, ein verpatzter Vorzug könnte eine Katastrophe auslösen. Bis einer einmal genug hat vom *Schottenloherkult* und ihr in Französisch glatt einen Zweier verpaßt.

10

Nach Hitlers Aufstieg zum Führer des deutschen Volkes herrscht zunächst Hoffnung, ja Zustimmung. Hält man ihn doch für fähig, den Schandfrieden von Versailles zu revidieren, toleriert ihn sogar die Kirche als mögliche Alternative zum gottlosen Bolschewismus. Und ist es nicht ein erhöhender Gedanke, als Deutscher innerhalb einer neuen europäischen Ordnung eine führende Stellung einzunehmen? Und ist nicht auf einen Schlag die Arbeitslosigkeit beseitigt? Eine gewaltige Aufrüstung im Gange? Man nimmt sie in Kauf, ebenso den Aufbau eines riesigen Partei- und Staatsapparates, selbst wenn sich die Parteimacht auf alle Lebensgebiete ausweitet, insbesondere auf die Erziehung der Jugend. Es gibt Gerüchte von Verhören und Verhaftungen. Männer werden in Schutzhaft genommen oder verschwinden in Konzentrationslagern. Juden werden geächtet, man kauft nicht in ihren Geschäften, ein Nachbar wird auf offener Straße verprügelt. Man selbst hat es nicht gesehen, nur gehört. Es wird alles seine Gründe haben, überall gibt es Licht und Schatten, man muß für ein hohes Ziel gemeinsam an einem Strang ziehen.

Hedwig Schottenloher zieht nicht an diesem Strang und zeigt es deutlich. Diese neue Religion, der Glaube an die eigene Rasse, der vehemente Antisemitismus, der Führerkult, die Propagandamaschine, der Gleichschritt der Menschen widersprechen zutiefst ihrer christlichen Gesinnung. Bei der Fronleichnamsprozession geht sie ganz vorne mit, die schon großen Kinder an der Hand. Noch erhobeneren Hauptes als beim täglichen Kirchgang. Als ob sie im selben Atemzug den Leib des Herrn beschützen müsse vor dem Getrampel und Getrommel nationaler Aufmärsche

Man quert den Stadtplatz. Ein braunes Haus neben der Sparkasse ist Sitz der Kreisleitung. Vom ersten Stock aus wird sie beobachtet. Sie spürt es, ohne den Blick zu heben. Die angesehene Arztensgattin hat Vorbildwirkung, sie ist der Parteileitung ein katholisches Ärgernis. Am nächsten Tag stellt man ihr einen Korb voll löchriger Soldatensocken vor die Tür. Sie lächelt: Maria, die gute Haut wird sie gründlich stopfen.

Ihr Hans mag weder Aufmärsche noch Prozessionen. Für ihn ist beides augenfälliges Zur-Schau-Stellen, er meidet alles, was sich zu Masse formiert. Er hat einen Krieg hinter sich, gegen marschieren ist er allergisch. Er meint und sagt es auch: Zum Mitläufer wird man vom Mitlaufen.

Versuchen, sich die Politik vom Leib zu halten.

Der Partei nicht beitreten, aber nicht öffentlich dagegen sein.

Sich und der Familie nicht schaden.

Die Sucht unter Verschluß halten.

Im übrigen ein guter Arzt sein.

Einmal, so aus der Laune heraus, sagt er auf Heil Hitler! Heil Schottenloher!, aber der Spaß vergeht ihm, er wird nicht als solcher aufgefaßt, fortan nimmt er das neue Grüßen ernst.

11

Die Schottenlohers übersiedeln von der Bahnhofstraße in die Dr. Pfahler-Straße, ein großbürgerliches Villenviertel in unmittelbare Nähe der Oberrealschule. Sie bewohnen eine zweistöckige Villa mit großem Garten für sich allein. Ein wildwüchsiger Garten mit dichtem Baumbestand, Rosarium, ein schilfumstandener Teich, Kieswege, Korbgarnitur unter schattigem Föhrenhain: Waltrauds »Märchenheim«. Maria murrt unter der zusätzlichen Last, ein pensionierter Gärtner geht ihr fallweise zur Hand.

Waltraud, die Heranwachsende, ist für Verlockungen empfänglich. Besonders schick findet sie die Uniform des Bundes Deutscher Mädel: der dunkelblaue Rock mit eingeknöpfter weißer Bluse, das schwarze Fahrtentuch, wie eine Krawatte gebunden. Und man kann auch was werden: Gebietsmädel-, Hauptmädelführerin ... Eine in der Schule, zwei Klassen über ihr, ist dabei. Sie ist gerade vierzehn, erzählt von Fahrten, Tanz und Lagerfeuer.

Die Mutter will es nicht. Dann halt nicht. Mit zwölf könnte sie ohnehin erst Jungmädel sein, und außerdem: zu viel körperliche Ertüchtigung. An schicker Kleidung mangelt es nicht, dafür sorgt schon das Bärbele: sie entwirft und näht die Plissee- und Glockenröcke, das weißschwarz getupfte Kleid mit hochgestellter Taille. Hans Roderichs abgelegter Matrosenanzug wird für sie umgenäht, die Schleife im Haar abgelegt, an deren Stelle eine Locke als Sechser in die Stirn gedreht.

Der Bruder in Metten lebt in klösterlicher Inselsituation, außerhalb der lauten aktuellen Ereignisse. Das Kloster ist weitum im Lande Ort des Respekts – noch haben die Nazis wenig Chancen gegen die überlegene geistige und wirtschaftliche Zentrale der Region. Es versteht sich von selbst, daß keiner der Patres *dafür* ist, aber es zeigen sich nur wenige offen *dagegen*. Mehr verdeckt als direkt erfahren Schriftsteller jüdischer Abstammung gebührende Würdigung.

Die politische Haltung schwankt zwischen vorsichtiger Anpassung und deutlicher Distanzierung. So ist es kein unbedingter Gegensatz, wenn ein Zögling zugleich Mitglied der Hitlerjugend und des Marienbundes ist. Und beim Besuch des Reichsjugendführers wird im Klosterhof angetreten, mit zum Hitlergruß erhobenen Händen.

12

Im Frühjahr 1939 wird Metten geschlossen, das Kloster zunächst als Ferienheim für Großstadtkinder, später als Lazarett und Kaserne genützt. Hans ist der letzte Abiturient. Der Pater Prior hält die Abschiedsrede, sie ist *verhaftungsreif*, aber es geschieht ihm nichts.

Am 1. 9. 1939 verkündet Hitler vor dem Reichstag in Berlin, daß die Deutsche Wehrmacht in Polen einmarschiert ist. Nach der militärischen Grundausbildung ist der neunzehnjährige Hans als Infanterist und Sanitätsgefreiter auf dem Marsch nach Warschau. Er führt Tagebuch:

»... die lähmend entsetzlichen Ereignisse, es ist, als wäre alles hohl und tot ...
... wann werde ich mein ersehntes Studium aufnehmen können, soll ich als einfacher Krankenträger jahrelang Füße verbinden, ich, der ich so viele Pläne und Gedanken

im Kopf habe? Soll ich mit meinen ästhetischen Hochansprüchen jahrelang von einem Schicksal ohnmächtig hingehalten wie ein Tier, untergeordnet wie ein Sklave dahinvegetieren, für einen Krieg, dessen Sinn und Zweck ich nicht einsehe, den ich im tiefsten ablehne und hasse, weil ich glaube, daß es bei gutem Willen auch ohne Gewalt ginge, wenn auch in längerer Zeit ...

... ich bete um die Gnade der Demut und des Glaubens ...

... es gelingt mir, im gefürchteten Häuserkampf von Warschau, die volle Ruhe wiederzufinden. Es ist alles schwer und düster, ohne Inhalt, zu beiden Seiten der Straße blühende Akazien, vereinzelte Laubwälder, Strohhütten, Ziehbrunnen – die ganze ostische Melancholie ...

... der erste tote Pole bedrückt mein noch viel zu weiches Gemüt gewaltig ...

... überall ist alle Poesie gewichen ...

...eine schreckliche Nacht mit wässrigem Durchfall, ich esse ein Päckchen Opium-Tabletten und trinke ein wenig Wodka zur Erwärmung. Ich verstehe, wenn man im Krieg süchtig werden kann. Die Wirkung des Opiums besteht darin, daß ich gleichgültig guter Stimmung bin, alles ertrage, weil die unangenehme Wirkung aufgehoben ist. Ich aber weiß, was ich tun darf ...«

Er glaubt es zu wissen.

Der siegreiche Polenkämpfer Hans ist daheim ein Held. Heil an Leib und Seele wieder da, wird *Hänsles* erster Soldatenurlaub mit Karpfen in Blausud, hochfeinem Bohnenkaffee und Pralinen gefeiert. Tante Bärbl – sie hat die Lebensmittelkarten für diesen Anlaß gehortet und getauscht – schwärmt vom *Hänsebübl*, der so jung an Jahren, durch den Krieg schon zum Manne gereift. Sie würde ihrem *Knäbchen* am liebsten alle Steine aus dem Weg räumen wie ehedem, ist aber überzeugt, die Zeit braucht Männer – gehärtet und gestählt. Sie bestärkt ihn in der Festigkeit des Glaubens.

13

Die erste Zigarette von und mit dem Bruder ist eine der Heimlichkeiten der rasch verfliegenden Tage. Sie tauschen Gespräche, Tagebuch gegen Gedicht und erleben das seltene Glück, einander poetisch nahe zu sein – trotz der fünf Jahre Altersunterschied. Waltraud verarbeitet bildhaft ihre Vorstellung von Krieg:

> Der Krieg entreißt den Bäumen ihre Blüten,
> was noch in Knospe steht schließt sich für lange zu –
> und aus den Wurzeln blutet das Entsetzen.[6]

Sie zeigt ihm auch Versuche frühreifer Reflexion:

> Weiß man denn genau,
> ob man unendlich froh ist oder traurig?
> Beides kommt sich so nah in dieser Zeit …
> Vielleicht möchte man
> für eine Stunde noch Kind sein,
> ins Nichts hineinleben
> und dabei meinen, es geschähe Besonderes,
> nur im Augenblick sein.[7]

Sie sprechen über die Entfremdung der Eltern und wissen sich keinen Rat. Sie spüren, daß die Mutter moralische Hilfe bräuchte, aber sie sind Vater und Mutter gleich innig zugetan und können nicht Partei ergreifen. Der Vater versucht seine Absenzen in stabilen Perioden hundertfach auszugleichen und hofft auf das Pardon der Mutter. Sie wiederum – am Ende ihre Kräfte – ist zankend ein Zerrbild ihrer selbst, aber im Sinne des Patienten der Hilfe nicht bedürftig – immer nur er. Und außerdem: in seiner Gegenwart fühlt man sich wohl. Seine Neugier, seine unorthodoxen Ansichten, seine heitere Gelassenheit. Wenn er einfach dasitzt und seine Zigarre (*den krummen Hund*) genießt, Geschichten aus dem Ersten Weltkrieg so erzählt, als wären sie Parabeln aus ferner Zeit. In diesem Krieg bringt er es zum Oberstabsarzt, leitet Spital und Lazarette.

Für Hans folgen Einsätze in Belgien und den Niederlanden, in Frankreich, am Balkan. Das Hänsle wird bemuttert und betantet, es wird für ihn gebetet und gehamstert, ihm jeweils Datteln und Rosinen mit auf den Weg gegeben. Er wiederum schickt Zigaretten, wertvolles Tauschmittel für Lebensmittel oder kleinen Luxus.

Das *ersehnte* Medizinstudium wird ihm ermöglicht, ja gefördert. Der Student in Uniform nützt in Würzburgischer Nestwärme mit größtem Eifer die jeweiligen Studienurlaube. Noch vor Kriegsende besteht er das erste Rigorosum.

Hedwig wird von der NS-Frauenschaft angesprochen, beim Winterhilfswerk mitzutun. Sie meldet sich beim

Roten Kreuz, für einen Nachmittag die Woche. Sie leistet ihren Obolus aus Klugheit. Augen und Ohren sind überall.

14

Das ›Spieglein, Spieglein an der Wand‹ ist unbestechlich: die Beine zu kräftig, die Oberlippe zu schmal, der kleine Finger der rechten Hand ist ungefügig, steht sperrig ab. Von allen Mädchen hat Waltraud die größte Oberweite und wird darum bestaunt, sie aber wäre gerne knabenhaft bis androgyn, so wie die ästhetisch perfekten Körper in Leni Riefenstahls Filmen über die Olympischen Spiele in Berlin: ›Fest der Völker‹ und ›Fest der Schönheit‹. Sie schaut sich die beiden Filme mehrmals an – im Lichtspielhaus Schattenfroh kennt sie den Billeteur. Sie bändigt ihre Taille mit breiten und überbreiten Gürteln – sie werden eines ihrer Markenzeichen.

Auch im Unterricht werden Filme gezeigt: ›Deutsches Land in Afrika‹, ›Jud Süß‹, Bildberichte über die Geburtstagsfeier des Führers, Schmalfilme über Kohlenförderung, Tarnung, deutsche Sing- und Prachtvögel. Um wie viel erregender sind da die Streifen im Schattenfroh: ›Der Tiger von Eschnapur‹, ›Das indische Grabmal‹, ›Die Geierwally‹, ... und was ist doch der Willi Birgel für ein Kavalier ... und könnte sie doch so einen Blick haben wie die Garbo! Solche Emotionen teilt sie mit ihrer Klavierstundenfreundin. Der Billeteur kennt sie mittlerweile beide und nennt sie *meine Schneeweißchen und Rosenrot.*

Vier Fünftel aller Schüler und Schülerinnen sind des Schifahrens kundig, heißt es stolz im Jahresbericht von 1941/1942. Auch Waltraud fährt Schi, und bei den monatlichen Wanderungen in die Vorberge des Bayerischen Waldes ist sie dabei. Bei der Erntehilfe, wo man sich beim Hopfenzupfen die Finger blutig pflückt, tut sie sich nicht hervor, ebensowenig beim Sammeln von Staniolpapier, wovon die Finger schwarz werden. Sie setzt ihre Talente zielführender ein, leitet eine Spielschar von acht spielfreudigen Mädchen und Buben, bekommt zwei Nachmittage schulfrei und allfällige Hausübungen erlassen. Sie macht es mit Verve, die Kinder hängen an ihrem Rockzipfel und an ihren Lippen. Sie gibt die Gesten vor und achtet auf »schöne Sprache«. Im nächsten Jahr wird die Gruppe aufgestockt, und mit sich drängenden Statisten bringt sie vor versammelter Schulgemeinschaft und vor dem mit Hakenkreuzfahnen und grünen Gewächsen geschmückten Standbild des Führers ›Alibaba und die vierzig Räuber‹ zu bejubelter Aufführung.

Waltrauds darstellerische Begabung zeichnet sich früh ab. Als Kind darf sie in der ersten Reihe des Theaters sitzen, neben ihrem Vater dem Theaterarzt. Als sie einmal, bei einer Aufführung von Schwachsinnigen in einem Notfall mutig einspringt, um den außer Gefecht gesetzten bösen Ritter zu spielen, wird sie auf offener Bühne beinahe erwürgt.

» ... Ich hatte immer schon Lust an jeglichem Spiel, und die Zuhörer waren besonders dankbar gewesen, klatschten und lachten, und es trieb mich immer weiter hinein in die Lust an Beifall und Gelächter, und ich begann, fortgeschwemmt und erhitzt, die Tölpelhaftigkeit meiner Mitspieler zu unterstreichen, ... plötzlich hatte der edle Ritter seine Arme erhoben und die gespreizten fleischlosen Finger waren langsam auf mich zugekommen – darüber ein verzerrtes Gesicht mit glühenden Augen – und hatten sich um meinen Hals gelegt ... « [8]

Bei der Klassenlektüre verkörpert sie alle weiblichen Hauptrollen: die Iphigenie, das Käthchen und die schmalbrüstige Johanna. Auch im Freundeskreis endet der Abend mit Waltrauds Rezitationen: vorzugsweise aus ›Medea‹ und ›Des Meeres und der Liebe Wellen‹. Die junge Frau des Deutschlehrers bricht regelmäßig in Tränen aus, wenn Hero – aus Waltrauds Mund – Leanders Leichnam birgt.

Der Literaturunterricht ist staatlich geregelt. Seit der Bildung der Reichsschrifttumskammer wird anstelle von Überfremdung und Entartung auf Deutschheit gesetzt. Die neue volkhafte Dichtung gründet auf romantisch-mythischen Vorstellungen von Heimat und Scholle, von auserlesener Rasse, die sich mit dem arischen Menschen deckt. Parallel zur Bücherverbrennung werden Schulbibliotheken von unerwünschten Schriftstellern gesäubert. Die deutschen Klassiker bleiben unangetastet.

Im Deutschen Aufsatz sucht sich Waltraud ihre Themen, es bleiben nicht viele zur Wahl. Was soll sie mit *Landkrieg, Seekrieg, Luftkrieg – Erfolge und Erwartun-*

gen oder *Unser ist der Glaube, unser ist der Wille.* Zumal sie einen Geschichtslehrer hat, der bei der Aussage eines Schülers: Der Endsieg steht vor der Tür, die Klassentür weit öffnet und sagt: Wo ist er, ich sehe nichts. Hingegen *Der Frauen Schicksal ist beklagenswert,* ist ihr aus der Seele gesprochen. Sie beklagt das nationalsozialistische Bild der dienenden Frau zum Wohle der Volksgemeinschaft, sie erachtet es als erste Pflicht, ihre ureigenen Begabungen zu erkennen und zu verwirklichen.

An einem Wintertag, nach der Flaggenehrung, werden die Schüler auf unbestimmte Zeit in die *Kohleferien* entlassen. Die Holzvorräte sind beschlagnahmt, ebenso die Fahrräder und die Schiausrüstung. *Wie unbedeutend erscheint uns das alles gegenüber dem großen Ziel: eine körperlich und geistig gestählte Jugend heranzuziehen, die die bewegenden Kräfte der Zeit versteht, die einsatzbereit ist, die hart und entschlossen einmal das Steuer der Geschicke unseres Vaterlandes in die Hände nehmen wird,* spricht der Direktor zu den im Schulhof angetretenen Klassen.

Frisch und freudig singen sie das Horst Wessel Lied – die Feier ist geschlossen.

15

Die Jungen der Oberrealschule haben mit Mädchen nicht viel am Hut. In den Pausen gehen sie ihre getrennten Runden, werden sie auf dem Heimweg von einem

Professor mit einem Mädchen gesehen, werden sie verwarnt oder auseinandergerissen.

Waltraud ist eine katholisch behütete Jungfer, schwärmerisch veranlagt, aber eben auf der Hut, küssen könnte gefährlich sein, notfalls kann man sich mit Kratzen und Beißen wehren. Zum Tanzkurs wird sie gebracht und abgeholt, auf dem Debütantenball im Hotel Volkert sitzen Hans und Hedwig am Honoratiorentisch. Der Vater tanzt mit der Tochter Tango.

Sie gilt als belletristischer Blaustrumpf, der sich privat gerade einmal mit ihrem neuen Deutschlehrer über Literatur und Philosophie unterhält. Es heißt auch, daß er sie verehre und daß sie es wisse. Da ist für einen Gleichaltrigen mit burschikoser Karl May-Konversation kein Staat zu machen. Es stehen andere Helden des Geistes im Gespräch: Sartre und Camus, Heidegger und Kafka. Und Baudelaire: ›Les fleurs du mal‹ läßt sie sich auf der Zunge zergehen. Wie unentdeckte Asteroide üben sie den Reiz exotischen Neulandes aus.

Nur bei Joachim, dem Sohn des Opernsängers, findet sie intellektuelle Resonanz. Rilkes ›Sonette an Orpheus‹ sind beider gemeinsame Bibel, entsprechen ihrem Traum vom Dichter als Deuter und Weltenheiler. Sie steigen auf den Geiersberg, verlieren ihren Blick über der Weite des Donautals und wechseln lyrische Rede und Gegenrede. Orpheus und Eurydike, Joachim und Waltraud – erste, hymnische, unerfüllte Liebe. Sie zerbricht jäh und grausam. Joachim, neunzehnjähriger Fähnrich zur See, fällt im Mai 1943 bei seinem ersten Einsatz im U-Boot-Krieg gegen die Alliierten im Nordatlantik.

Höre
Bruder Gespiele
ein dünner Abend dein
Glasgesicht mein
Glasgesicht auf
gläserner Erde vor dem
gläsernen Meer [...]

Bruder Gespiele
und ein schwarzes Boot ein
schwarzes gepanzertes
Boot aus dem Meeresgrund
wohl durchstößt die Decke
von Wasser o mare so groß und
hebt sich und das Meer stürzt
zurück und der schwarze
gepanzerte Leib fliegt hin
hoch über der Sonne die
gerade eintaucht
weit weg

ich seh das Weiße in
deinen Augen
Bruder Gespiele [...]

Alleluja
Erbarme Dich
unser [9]

Zum breiten Gürtel gesellt sich die Farbe Schwarz. Sie möchte für immer Trauer tragen, wie eine griechische Witwe. Die schöne Trauer ist ihr ureigener Besitz, macht sie stark und unantastbar. Bruder Schmerz ist ihr Gespiele. Sie verweigert geregelte Mahlzeiten, statt dessen steht in jedem Raum ein Wasserkrug. Nach außen sichtbare Veränderung vermerkt sie mit Freude: je mehr die Mutter klagt, sie sei zu mager, desto näher kommt sie der Idealvorstellung von sich selbst. Ihrem Brustumfang rückt sie mit dem Zentimeter zuleibe, zehn Zentimeter weniger bestätigt auch das Spieglein an der Wand. Die Regel bleibt aus. Vergeblich versuchen es Hedwig und Maria mit appetitanregenden Lieblingsspeisen. Sorgen macht sich auch der Klassenlehrer: *Ihr gesundheitlicher Zustand läßt zu wünschen übrig. Sie leidet offensichtlich an Magersucht, neigt zu Schwindelanfällen, ist sehr empfindlich und leicht zum Weinen zu bringen.*

Bis zur achten Klasse hat es sich gelegt. Sie erreicht ihre gewohnte Hochform und absolviert das Abitur mit Bravour. Bei der mündlichen Prüfung aus Deutsch darf sie – wie andere im Fach Musik – ein Stück Literatur ihrer Wahl zum Vortrag bringen. Sie wählt einen Monolog aus Cocteaus ›Antigone‹, die Stelle, wo sich die Protagonistin herausnimmt, ihren verfemten Bruder Polynice gegen den Willen des Königs zu bestatten. Dies bewirkt fast einen Eklat, weil das Stück auf keiner autorisierten Lektüreliste aufscheint.

16

Fest steht, daß das Mädel studiert. Natürlich Germanistik, und natürlich in Würzburg, an der Julius-Maximilian-Universität, an der schon der Vater studiert hatte und auch der Bruder. Tante Bärbl erwartet sie mit weit geöffneten Fittichen in der ehemals elterlichen Wohnung, Traubengasse 15.

Unter dem Oberbegriff Kulturwissenschaften inskribiert Waltraud vorwiegend germanistische Fächer, darüber hinaus Vorlesungen über Philosophie des deutschen Idealismus, Geschichte der französischen und spanischen Literatur. Sie belegt Seminare über Architektur, Plastik und Malerei von der Antike bis zur Italienischen Hochrenaissance, nährt ihre schauspielerische Begabung mit Sprechtechnik und Vortragskunst. Ein ausgefüllter Stundenplan, der oft schon um sieben Uhr morgens beginnt. Sie kolloquiert gewissenhaft, gibt zeitgerecht Seminararbeiten ab, ist sich der finanziellen Leistung der Eltern bewußt: Studiengebühren und Wohlfahrtsabgabe verpflichten zu entsprechendem Studienerfolg.

Tante Bärbl vermietet an Zimmerherrn, vorwiegend an Studenten. Sie hat da ihre Kriterien. Nicht jeder, der gut zahlt, wird von Haus aus ein mitbewohnender Untermieter. Er muß zunächst einmal *anständig sein.* Ob er das ist, sieht sie auf den ersten Blick. Auf einen hat sie einen spontanen Kuppelblick geworfen: der wär doch einer für ihr *Prinzeßle.* Und sie zeigt ihm – ›dies Bildnis ist bezaubernd schön‹ – ein Foto der Nichte. Nicht bloß, daß er sie auf der Stelle kennenlernen will, es ist ihm, als

die Studentin Waltraud Schottenloher

ob sein künftiges Leben von diesem Augenblick an bestimmt sei.

Der Medizinstudent Anton Oberleitner ist Österreicher und stammt aus kleinen Verhältnissen. Sein Vater ist Schneider, ansässig in Ferschnitz, einer kleinen niederösterreichischen Ortschaft. Dank einer ehrgeizigen Mutter – der Bub soll was Besseres werden – maturiert er im Benediktinerstift Seitenstetten. Seine beiden Brüder fallen im Krieg: der eine wird am ersten Kriegstag beim Einmarsch in Polen vom Pferd geschossen, der andere, von einer Granate getroffen, findet den Tod im russischen Winter 1943, eingebunkert im Niemandsland. Die Briefe von der Front sind Anton heilig. Zwei Köpfe fürs Vaterland sind genug, er will nicht der dritte sein. Ein doppelter Bonus kommt ihm zugute. Erstens der Erlaß des Führers, in solchen Fällen weitere Söhne vom Fronteinsatz zu befreien. Und zweitens braucht man Ärzte. Anton wird in die Wehrmacht eingegliedert, im Nachrichtendienst der Luftwaffe für kurze Zeit nach Rußland eingezogen. Er studiert Medizin in Wien, Berlin und Würzburg, pendelt zwischen Studium und Lazarettdienst, darf sich aber in privaten Unterkünften einquartieren.

Ein Reisender des Krieges, ein Herbergsuchender – gelandet in Würzburg. Er holt Mutter und Tochter als unbekannter Kofferträger vom Bahnhof ab. Von Tante Bärbl instruiert, konzentriert er seinen österreichischen Charme und versucht es mit faustischer Anrede:

Mein schönes Fräulein, darf ichs wagen, meinen Arm und Geleit Ihr anzutragen?

Sie dürfen, mein Herr, meinen Koffer tragen, ansonsten hat meine Mutter das Sagen – gibt ihm Waltraud lachend zurück.

Ein Semester lang wohnen sie im selben Haus, studieren an derselben Universität. Sie im ersten Semester, er im letzten Studienabschnitt. Anton löst telegraphisch seine Berliner Verlobung, wirbt schneidig um die neue Braut, bewirbt auch Mutter und Tante, legt den Frauen seine ernsten Absichten zu Füßen. Waltraud fühlt sich an den Vater erinnert: die lebensfliegende Art, der Schuß Leichtsinn – und läßt sich fallen in das Federbett der Bewunderung.

> Gebannt in staunendem Entzücken
> verhält die Seele ihren Schritt
> fühlt sich in eine andre blicken,
> trinkt Wonne aus des Anschauns Glück.[10]

Eine intensive, prägende Zeit, ausgekostet im Bewußtsein der jederzeit möglichen Abberufung. Sie leben im Zentrum der Stadt, im Hochgefühl universitärer Ausbildung inmitten eines Krieges. Waltraud liebt die erhöhten Plätze, von welchen aus man ins Tal schauen kann. Sie treffen sich nach den Vorlesungen bevorzugt auf dem Käppele, der Wallfahrtskirche auf dem Nikolausberg, erbaut von Balthasar Neumann. Dieser große Architekt ist ihr ein Pendant zu Michael Fischer, dem begnadeten Baumeister der Deggendorfer Kirche zum Heiligen Grab. Namen haben für Waltraud von jeher etwas Evokatives, mit Namen kann man sekundenschnell die Aura jedweder Epoche nachempfinden. Über eine Doppeltreppe mit fünf Podesten, die je drei Kapellchen tragen, steigt man auf einem von Platanen beschatteten Stationsweg zur barocken Kirche empor.

Am 20. Juli 1944 hören die beiden dort vom mißglückten Attentat auf Adolf Hitler. Waltraud bricht in Tränen aus, nicht ob der Tragweite des politischen Ereignisses, sondern wegen ihres Bruders. Sie kennt seine totale Ablehnung des Naziregimes, weiß, daß er beim Einzug Hitlers in Warschau auf einem Dach stand, von dem aus er ihn hätte erschießen können, jedoch aus Angst, ihn zu verfehlen, von dem Gedanken abließ.

17

Nach Goebbels totaler Kriegsmobilisierung ist für Waltraud der Studientraum zu Ende. Auch sie muß auf irgendeine Weise Volk und Vaterland dienen. Sie meldet sich *freiwillig* beim NSV (Nationalsozialistische Volksfürsorge), wird aufgrund ihrer nachgewiesenen Begabung in einem Kinderheim nahe Deggendorf verpflichtet. Sie kocht und putzt, singt und spielt Schneewittchen. Verdrängt ihren universitären Absturz und poetisiert ihre soziale Zuwendung. Sublimiert händische Arbeit, und fühlt sich in ihrer neuen Rolle auf gottgewolltem Platz.

»... die Kinder sind von solch stürmischer, beglückender Zärtlichkeit, daß ich mich kaum auf Füßen halten kann, besonders die kleinen Buben hängen mir am Hals. Ich mag sie auch lieber als die Mädels. Ich kann wirklich schon allerhand kochen, das Zubereiten macht mir Spaß, das Abspülen ist abscheulich, aber es muß sein, genauso wie das Schrubben ...« [11]

Der Verlobte wird nach Berlin versetzt. Ein reger Briefwechsel beinhaltet den Austausch von Befindlichkeiten und gibt Zeugnis ihrer reinen, stilisierten Liebe:

»Liebster, ein grau umwölkter, nebelschwerer Herbsttag geht zu Ende, kein wärmender Sonnenstrahl erreicht mich, und auch Du vermittelst mir ein Bild kalter Berliner Tage.
Wie möchte ich Dich trösten, Dich sanft wie Frühlingswinde streicheln, wenn es Dich in der kalten Landschaft des Nordens friert, so denke, daß ich dafür umso heißer fühle.
Bald springt unsre Pforte zum Süden auf.
Ewig reich sind wir mit der Fülle unserer geistigen Liebeskraft, wie arm sind doch jene, die sich nur nach körperlicher Zärtlichkeit sehnen.
Wir wollen es ertragen, bis unsere Zeit reif ist.
Uns gleich die goldenen Früchte mühelos in den Schoß zu werfen, das kann der Himmel nicht tun.
Es wäre zu ungerecht gegenüber dem jammervollen Elend unserer Mitmenschen.« [12]

Toni nimmt diese Worte in sich auf und ist ihren hehren Ansprüchen ein gleichgestimmtes Echo.

In den Feldpostbriefen aus dem Lazarett Berlin Wittenau an seine *für ewig Liebste* spricht er vom *Lichtkegel* ihrer Liebe, *unter dem alles andere verblaßt, ausgelöst von der Tiefe* ihrer Gefühle, die ihm *entgegenfluten.* Er läßt sich *umspülen* von ihren *liebeserwärmten Wellen.*

Stürmisch lodert die Glut zum Himmel. Sein ganzes Wesen gerät in ein *ekstatisches Stadium, heiliges Schaudern* erfüllt seine Seele und *alles drängt nach Erfüllung.* Ihr *reines Wesen*, das sie *in verschwenderischer Weise besitzt,* macht ihn zum *erfülltesten Menschen*, der ihr *in allen Zeiten alles sein will.*

Wahr wollen wir sein, uns nicht maskieren.
Spiegel wollen wir uns sein, ganz klare Spiegel.

Der zum Assistenzarzt beförderte Anton Oberleitner hofft als einzig aus der Welser Gegend Gebürtiger mit dem Bonus der gefallenen Brüder und der bevorstehenden Hochzeit auf Versetzung nach Österreich. Aber *perverserweise* haben auch die Preußen den *Trieb nach dem Süden*. Und preußisch werden die Anträge auch geregelt. Dem Alphabet nach gerät er als Oberleitner weit ins Hintertreffen, gar mancher Preuß wird vorgereiht. Es bleibt ihm nur der Kampf um die offizielle Heiratsgenehmigung und um einen Heiratsurlaub von mindestens zehn Tagen. Beides setzt er durch, nicht zuletzt durch inniges Schwärmen über seine Braut und Vorweisen eines Fotos derselben. Der vorgesetzte Stabsarzt ist beeindruckt, unterschreibt das nötige Formular und spendiert dem Bräutigam ein Fläschchen Kölnischwasser mit besten Grüßen an die Auserwählte.

Dieselbe Begünstigung benötigt Waltraud. Toni gibt ihr aus Berliner Ferne genaue Anweisung, wie sie jene zu bewerkstelligen habe. Um dem drohenden Reichsarbeitsdienst zu entkommen, müsse sie sich notfalls in die

Krankheit flüchten. Bis zu seiner geplanten Vermählung will er den Offiziersrang erreichen, um seiner *wunderbaren Braut* auch als Soldat ein *würdiger Bräutigam* zu sein.

»Seit dem 18. Lebensjahr
immer die Frau eines Mannes gewesen
(nicht desselben) und immer freischaffend«

WALTRAUD OBERLEITNER

Anton und Waltraud Oberleitner, Hochzeitsfoto im Garten des »Märchenheims«

18

Am 20. November 1944 ist die standesamtliche Hochzeit in Deggendorf. Die beiden Väter sind Trauzeugen. Im hauchdünnen Seidenkleid mit Schleier posiert Waltraud an der Seite ihres dekorierten Offiziers vor ihrem Märchenheim. Sie muß ziemlich gefroren haben, läßt es sich jedoch nicht anmerken und lächelt hochsommerlich.

Die kirchliche Trauung erfolgt zwei Tage später in Ferschnitz. Noch ist die Grenze offen, und alle Schottenlohers – selbst Bruder Hans gelingt die Beurlaubung – versammeln sich zum ersten Mal in Waltrauds künftiger Heimat. Tonis Mutter kocht groß auf, so als träte Niederösterreich mit Niederbayern in kulinarische Konkurrenz. Waltraud wird mit den rituellen schwiegermütterlichen Speisen bekannt: Nudelsuppe, Schnitzel und schwarze Torte mit Schlag. Sie erklärt das Hochzeitsessen zu ihrem Lieblingsmenu und schafft sofort emotionale Bindung zwischen den unterschiedlichen Milieus.

Die Prinzessinnenrolle wird ihr in Ferschnitz kampflos überlassen, symbolisiert doch dieses märchenschöne Geschöpf aus bestem Haus den sichtbar gesellschaftlichen Aufstieg des Sohnes.

Bei der Ankunft möchte sie gerne duschen. Sie ist etwas Kostbares. Alltägliche Widrigkeiten werden von ihr ferngehalten. Wie herzlich sie auf alle Menschen zugeht, ohne Ansehen der Person. Wie sie spricht. Und wie sie schreibt: in Versen. Schon am Vorabend der Trauung liest sie aus ihren eng beschriebenen, kleinformatigen Heften:

Das Wort Frau – innig ausgesprochen
darf nur ein Hauch auf den Lippen sein,
ein Gedanke an kühle Lilienblüten
und aufgesprungene Rosen,
an knisternden Brokat und leichte Seide,
an rasche Sommerwolken
und neubegrünte Lärchen.[13]

Es ist wohl klar, den Lebenskoffer wird Toni selber tragen müssen, aber sie wird ihn die Last ein Leichtes werden lassen.

Er bekommt eine schöne Summe Hochzeitsgeld vom Vater und organisiert sich ein Auto. Unmittelbar nach der Trauung geht die Reise nach Salzburg. Sie steigen ab im Salzburger Hof, dem ersten Hotel am Platz – wie es ihnen ihrer Meinung nach gebührt. Verbringen dort die erste Nacht und noch zwei Tage in der Festspielstadt, fahren weiter nach Zell am See, wo er einer Studienkollegin sein Glück vorführen will. Zurück über das Ennstal – *die schönste Gegend zwischen Salzburg und Amstetten* – nach Waidhofen. Dort sucht er seinen Internatsdirektor auf. Toni fühlt sich als Hausherr seiner Heimat, identifiziert sich im Grillparzerschen Sinne mit Österreich: ›Es ist ein gutes Land, … wo habt Ihr dessengleichen schon gesehn?‹ Und Waltraud, die auf Erhöhung reagiert, ist eingenommen, schafft sich die ersten Goiserer ihres Lebens an.

Toni muß zurück nach Berlin, Waltraud zurück nach Deggendorf.

Als verheiratete Tochter im Elternhaus, in Wartestellung auf die unbestimmte Zukunft, erlebt Waltraud hautnah das tragische väterliche Erbe. Hans Roderich, angehender Psychiater an einer Würzburger Klinik macht Selbstversuche, um angeblich seinem der Sucht verfallenen Vater helfen zu können. Aber schon längst wird dieses Tun als verklärende Ausrede erkannt, er verliert seine Stelle. Die Hoffnungsfähigkeit der Mutter auf Heilung durch Entzug wird durch die schmerzliche Erfahrung der vielen Jahre in den Glauben an ein Wunder umgewandelt. Nur mehr Gebete können helfen.

19

Es ist immer noch Krieg »bei Tag und bei Nacht, und selbst wenn man sich in die Wälder verkroch, konnte es sein, daß ein Blitz vom Himmel niederfiel, und man starrte in einen Krater, der sich glucksend mit Wasser füllte.« [14]

Am 16. März 1945 wird die Gauhauptstadt Würzburg von den Alliierten mit Bomben bedeckt. Damit ist die *sonntägliche* Stadt binnen zwanzig Minuten untergegangen und man spricht nunmehr vom *Grab am Main*. Als Tante Bärbl aus dem Luftschutzkeller tritt, steht sie vor den drei Ruinen ihres stolzen Besitzes. Sie schlägt sich mit ein paar Habseligkeiten nach Deggendorf durch. *Wie Silberfische fielen die Bomben im Sonnenlicht*, versucht sie das Unfaßbare zu schildern, erzählt von einer Nachbarin, die beim Überqueren der Straße durch eine Druckwelle erstickt sei und dastand, als ob sie noch lebte.

> Deiner Augen tote Höhlen sehn mich an,
> deine Hände starrn zerschmettert aus dem Staub
> und die Anmut deiner heiteren Gestalt
> rissen rauchgeschwärzte Steine in die Tiefe.[15]

Deggendorf soll am 20. April, dem Geburtstag des Führers, bombardiert werden. Als Auftakt werden die Riesentanks der Hafenanlagen gesprengt. Die Amerikaner werfen Flugzettel ab mit der Aufforderung, die Stadt binnen zwei Stunden zu übergeben. Eine weiße Fahne sei sichtbar am höchsten Gebäude des Ortes auszuhängen, alle Minen und Barrikaden zu beseitigen. Mit Bomben beladene Flugzeuge stünden bereit, Geschütze seien auf die Ortschaft gerichtet. Jeder Widerstand sei zwecklos. Ein beherzter Mann beeilt sich, ein weißes Bettlaken auf den Turm der Grabkirche zu hissen, wird dafür von der SS zum Tode verurteilt. Dem Retter der Stadt gelingt die Flucht, er wird nach der Übergabe von den Amerikanern als Bürgermeister eingesetzt.

In Berlin hat sich Hitler im Führerbunker verschanzt, gibt letzte hysterische Befehle. Als die Rote Armee am 30. April den Reichstag erobert, begeht er am Nachmittag desselben Tages Selbstmord.

Anton Oberleitners Einheit setzt sich nach dem Osten ab. Im Wirrwarr der völligen Auflösung schnürt er sein leichtes Marschgepäck und macht sich als Soldat auf

Urlaub nach dem Süden auf. Teilweise fahren Züge, aber mit tagelangen Unterbrechungen. Zu Fuß über kilometerlange Trichterfelder, überall Trümmer, niedergebrannte Ruinen. Mit Siebenmeilenstiefeln nähert er sich seinem Ziel.

Der Krieg ist zu Ende. Die Villa Pfahlerstraße gleicht einem Auffanglager. Hans und Hedwig, Roderich, Bärbl, Waltraud und Toni, Maria. Vorübergehend sind Freunde einquartiert, deren Häuser von amerikanischen Offizieren besetzt wurden – und als exotischer Besuch Billy, der schwarze Koch aus der Villa nebenan. Waltraud spricht mit ihm ausschließlich »amerikanisch«.

Do you like chocolate?
Oh yes, I love it.
Coffee and cigarettes?
For mum and dad, please.
What about chewing gum?
Whats that?

Englisch geht ihr leicht von der Zunge, sie wird vielerorts zum Dolmetschen gerufen.

Die von den Besatzungsmächten eingeleiteten Entnazifizierungsverfahren werden in der US-Zone streng und umfassend umgesetzt. Umfangreiche Fragebogen sind auszufüllen, um Aufschluß über die jeweilige Nazi-Vergangenheit zu erhalten. Danach wird entschieden, in welche der fünf Kategorien von *Hauptschuldiger* bis *Entlasteter* der Betroffene eingestuft wird. Belastete entlasten sich gegenseitig mit Persilscheinen oder verleumden andere, um sich selbst reinzuwaschen.

Waltrauds Vater und Waltrauds Mann gelten als Mitläufer, es droht ihnen der Berufsausschluß. Mit ihrem Charme und ihrem amerikanischen Englisch überzeugt Waltraud die *Amis* von der Integrität der beiden Männer und daß so hervorragende Ärzte gerade in dieser schweren Zeit unentbehrlich sind.

Für einige Monate leben drei Ärzte unter einem Dach. Es kommt immer öfter vor, daß Waltraud *ihre Männer* in Schwesterntracht begleitet: in die überfüllten Lazarette, behelfsmäßigen Spitäler und Gefangenenlager. Sie schließt an die Impffahrten ihrer Kindheit an und erlebt, daß allein ihr Dasein etwas bewirkt, wovon sie süchtig werden könnte.

20

Die starke emotionale Nähe ist belastend. Der plötzliche Entschluß heißt Österreich: Hoffnung auf ein neues, eigenes Leben.

»Dezember 1945, eine kleine Stadt in Bayern. Vor dem Gartentor wartet ein Lastwagen. ... Ein junges Mädchen, das mit dem Lastwagen wegfahren wird, in ein anderes Land, zu einem Mann, dessen Ring es trägt mit Namen und Datum. Der Ring glänzt neu und das Mädchen gehört diesem Mann.« [16]

Resi Schinninger, Tonis Halbschwester, lebt mit ihrer Familie in Wels. Sie ist eine Seele und freudig gewillt, das junge Paar samt Übersiedlungsgut übergangsweise bei sich aufzunehmen. Adolf Schinninger ist Backofenbauer, der einzig professionelle in der ländlichen Umgebung und daher ein gefragter Mann. Wiederum mangelt es nicht an nötigen Naturalien. Geselchtes gibt es auch an Wochentagen. Das beinahe herrschaftliche Haus (mit Dienstmädl) ist groß, man rückt zusammen, wie es eben nach dem Krieg üblich war. Die beiden bekommen ein Zimmer für sich. Es wird mit Schottenloherschen Biedermeiermöbeln bestückt. Sie sind neben Büchern, Kristall und Porzellan Teil des Hochzeitsguts.

Toni schließt seine medizinische Ausbildung ab, es fehlt noch die Gynäkologie. Waltraud streckt ihre literarischen Fühler aus. Im ›Welser Wochenblatt‹ betreut sie regelmäßig das Feuilleton und die Kulturseite. Sie schreibt über alles was anfällt: über klassische Aufführungen der Linzer Kammerspiele, über einen Schwank der Welser Volksbühne, Schüleraufführungen, Abschlußveranstaltungen der Musikschule. In einem Bericht über ein Lustspiel vermerkt sie: »Es wäre wünschenswert, daß die Bühnenkünstler die Möglichkeit hätten, statt des ›Kracherls‹ richtigen Wein zu genießen, weil es der Phantasie beim Anblick der Limonadenflüssigkeit nicht gerade leicht gemacht wird, mit der Handlung Schritt zu halten.« In der Rubrik Kulturspiegel verfaßt sie Kurzbiographien über bildende Künstler der Antike und kommt, wie sie meint, einem notwendigen Bildungsauftrag nach. Sie wird Mitglied eines literarischen Zirkels, der Museninsel. Spielt Theater mit Gleichgesinnten, sucht und sichert ihre Rollen.

Zum Beispiel das Freudenmädchen Hai-Tang in Klabunds Nachdichtung aus dem Chinesischen: ›Der Kreidekreis‹. Das Fernöstliche liegt ihr und inspiriert sie zu fiktiven Tagebuchblättern aus dem Leben einer Schauspielerin:

» ... Man hat mir die Rolle der Hai-Tang aus dem Kreidekreis gegeben, und sie umfängt mich bis spät in die Nacht. Ich sitze in der Garderobe, zwei Stunden vor der Aufführung. Ich lasse das grelle Licht über die rote Seide meines Kimonos gleiten und hake mir den blumigen, breiten Gürtel zu. Eine feuerrote Blume leuchtet aus dem schwarzen Haar. Dann werde ich geschminkt und eine tote Puppe lächelt aus dem Spiegel. ...« [17]

Sie ist fleißig: rezitiert, geht memorierend auf und ab oder klappert auf der gehüteten Adler-Schreibmaschine. Das bringt ihr die Anerkennung der Welser Verwandten, selbst vom *lieben Schwager* Adolf, der sich nie zuvor von einem Blaustrumpf hat bereden lassen. Man ist gemeinsam mit Toni stolz auf sie und gönnt ihr die *Sonnenstunden* auf der Wiese. Es wird auch keiner so schön braun wie sie. Am Abend verschenkt sie die getankte Sonne in der guten Stube. Erzählt, scherzt, hört zu, verkleidet sich im Nu, um eine Situation naturgetreu zu illustrieren. Findet täglich einen Grund zu feiern, improvisiert ein Reisgericht und sagt, es sei das Leibgericht von Li-Tai-Pe gewesen. Entwirft für jeden Gast ein Tischkärtchen mit einem treffenden Reim. Spricht mit einem Jäger, als ob sie eine Waidfrau wäre. Die graue

Nachkriegszeit erscheint etwas weniger grau. Nie zuvor gab es im Hause Schinninger so viel Besuch.

Waltrauds Dichtung in dieser Zeit ist inhaltlich und formal rückwärtsgewandt, steht in merkwürdig historischer Ferne zu ihrem gegenwärtigen Leben. Sie ist im siebten Monat schwanger, schreibt in Stabreimen und übt sich in Sonetten. Beschwört den Zauber einer Mondnacht in kostbaren Rilkeschen Worten und setzt sich schon einmal an den Stammtisch beim Kirchenwirt, um in bayerischer Erinnerung »einen zu heben«. Verfaßt einen Zyklus über entscheidende Momente im Leben ihrer verehrten Renaissancekünstler. Variiert Hofmannsthals ›Terzinen über Vergänglichkeit‹, widmet sich religiösen Themen, und ein altes gotisches Tor kann sie zu einem Hymnus hinreißen. Sie schöpft aus dem Würzburger Skriptum, hat ihr germanistisches Wissen nach Wels übersiedelt und stellt es in poetischen Gegensatz zur prosaischen Realität. Die Erwartung neuen Lebens wird nicht thematisiert.

21

Es ist ein Mädchen, geboren am 1. Juli 1946 in der Welser Frauenklinik. Nach ländlichem, von der Mutter nicht widersprochenem Namensverständnis, wieder eine Waltraud – ein Wonnebrocken. Die Mutterrolle ist ihr kostbar – *Ehefrau und Mutter* – ein heiliger Begriff, der Erfüllung birgt. Waltraud sorgt für ausgesuchte Babykleidung, legt vom ersten Tag an ein Fotoalbum an und kommentiert die festgehaltenen Momente: »Meine blonde Prinzessin, Schaut selbstbewußt in die Welt, Tonis größter Stolz, Mein liebstes Spielzeug...«

Es sind keine Schnappschüsse, immer kleine Inszenierungen, das Kind auf einen Seidenpolster gebettet, im Hintergrund ein Rosenstrauch. Oder auf dem Schoß der

die stolze Mutter mit ihrem »liebsten Spielzeug«

eleganten Mutter mit kessem Hütchen und übereinander geschlagenen Beinen. Und alle Schinningers im Schlepptau der Bewunderung.

Zwischen Deggendorf und Wels kreuzen seitenlange Briefe die Zensurstellen auf beiden Seiten der Grenze. Telefonate ebenfalls. Großmutter Hedwig hat Klein-Waltraud noch nicht zu Gesicht bekommen. Sie fühlt sich krank und den Strapazen einer Reise nicht gewachsen. An der Passauer Grenze wird ihr ein *Stanitzerl* über die Brücke gereicht, fest verschnürt in einem Wickelpolster. Großvater Hans kann es nicht zu Gesicht bekommen, er ist wieder einmal *dort.*

Toni hat die Gynäkologie abgeschlossen.

Im niederösterreichischen Haidershofen – in der russischen Zone – ist der Posten des Gemeindearztes frei. Man bewohnt zunächst ein geräumiges Zimmer des villenartigen Hauses Nr. 6 mit Garten. Unmittelbar später bezieht man den ganzen ersten Stock. Ein Kindermädchen wird engagiert und bald auch eine Köchin. Außer der »Bedienung« ist alles bescheiden. Kohleöfen, Sparherd, ein behelfsmäßiges Badezimmer, im Keller die Waschküche. Es macht Waltraud nichts aus. Sie schafft sich ihre ästhetischen Nischen. Zum Beispiel bei den Mahlzeiten. Sie übernimmt den mütterlichen Ritus des kostbar gedeckten Tisches, prüft, ob der Suppenlöffel vor dem für die Nachspeise liegt und verordnet der Köchin ein weißes Schürzchen beim Auftragen der Speisen. Am Nachmittag ist Teestunde, Besuche der Nachbarn sind erwünscht. Dieses offene Haus wird verwundert wahrgenommen, das hat es bis dato in Haidershofen nicht gegeben.

Die Praxis ist im selben Stock. Waltraud überläßt den Haushalt ihren »guten Händen« und hilft in der Ordination. Legt Verbände an, massiert, bestrahlt, behandelt Hühneraugen, schenkt sich den anderen – und findet wieder ihre Rolle in diesem Spiel.

Toni ist überrascht, daß seine Waltraud ihn so freudig und von sich aus unterstützt. Das Echo der Patienten zeigt sich im überfüllten Warteraum. Von manchen weiß er, sie kommen nur *Frau Doktor schauen.*

Bruder Hans scheut die alliierte Bürokratie zur Erlangung eines Passes und riskiert einen unerlaubten Grenzübertritt, um sich vom jungen Familienglück zu überzeugen. Waltraud dankt es ihm mit überbordender Willkommensfreude, sie ist des Schottenloherschen Gleichgewichts bedürftig. Gleich wird er vorgeführt und eingemeindet. Der Säugling im Kinderwagen weckt Erinnerungen. Wie sich Waltraud als Kind aus Puppen nichts gemacht hat, wie Roderich und sie den Puppenwagen zur Beförderung von Steinen, Katzen und Hunden benützt haben.

Sie läuft mit ihm zum Fluß, ruht aus bei der geliebten Badehütte. Er spricht vom stummen Vorwurfsblick der Mutter, der nicht mehr zu ertragen sei. Am nächsten Morgen fehlt im Arzneischrank eine große Dosis Luminal. Er erklärt dem Schwager, seit achtundvierzig Stunden habe er nichts genommen, eine qualvoll unruhige Nacht verbracht, habe erbrochen, es schmerzten alle Glieder, er sei am Ende. Toni verhilft ihm zur erlösenden Spritze. Der wiederholte Griff zum Morphium übersteigt Tonis ärztliche und verwandtschaftliche Solidarität: er bekomme ernste Schwierigkeiten, so könne es nicht weitergehen. Bevor Hans den Weg zurückgeht, den er gekommen ist, überredet Waltraud ihren Mann, doch vorher noch gemeinsam »die Welser« aufzusuchen. Sie fahren im eigenen Fiat, passieren den russischen Sektor, werden mit einer DDT-Spritze desinfiziert. Waltraud zückt zur Gegenwehr ein Fläschchen Eau de Cologne, hält dem Grenzsoldaten den Identitätsausweis zum Stempeln hin und versucht die paar Brocken Russisch, die sie sich eingelernt hat. Steigt aus dem Auto und legt ihm den Säugling in den Arm: »Maja krasivaja dotschka«, sagt sie mutterstolz. Der Soldat versteht und nickt bestätigend, daß sie eine schöne Tochter habe. Und als sie an diesen Erfolg anknüpft, auf ihren Mann zeigt und es versucht mit »moi krasivyi musch«, da lacht der Russe, so als wäre er von der Schönheit ihres Mannes nicht ganz so überzeugt.

22

Dr. Oberleitner *kann es* mit den Leuten, weil er die Menschen mag, er ist auf dem Land am richtigen Ort. Und es beflügelt ihn das Glück gemeinsamen Tuns. *Wir ziehen an einem Strang*, sagt er sich selbst und allen, die es hören wollen. Am Anfang gibt es keine Kassen, doch was er braucht, bekommt er – und vieles mehr. Die frischen Bauernlaibe von der Bäckerei im Schloß, aus den verschiedenen Landwirtschaften Gemüse, Eier, Schweinernes – und Blumen. Er pflückt sie selbst, kehrt täglich heim mit einem Strauß, den er kaum mit einem Arm umfassen kann – freudig geschenkt dem Herrn Doktor und seiner lieben Frau. Bisweilen gibt es Bargeld. Für Waltraud ein wiederholt erlebtes Muster: Arzt sein bringt etwas Gutes ein.

Sie bestimmt den Lebensstil. Führt ein Haus, auch wenn es nur der erste Stock ist. Lädt ein, geht aus, sorgt für Statussymbole. Der sonntägliche Kirchgang mit festem Platz in der ersten Reihe gehört dazu. Sie stellt einen Chauffeur ein, überlegt, ob der repräsentative Raum mit Bibliothek und Sitzmöbeln als Salon oder Herrenzimmer gelten soll, entscheidet sich – wahlweise – für beides. Der Patient am Morgen wird häufig ausgewählter Gast am Abend. Und jener endet rituell mit einer Darbietung aus Waltrauds Repertoire. Das muß nicht immer ›Hero und Leander‹ sein, der Tanz eines Zigeunermädchens kann sich im Laufe der Soiree spontan ergeben. Als ob ein innerer Zeitraffer den Ablauf ihrer Zeit bestimme, gerät sie in hektische Betriebsamkeit: Unruhe allenthalben, eine unbotmäßige Lautheit durch das ganze Haus, Türenknallen, Schreien und Lachen durcheinander. Die Woche, der Monat, das Jahr: eine Abfolge von Festlichkeiten. Zunächst wird die örtliche Öffentlichkeit wahrgenommen, jeder Anlaß scheint der Mühe wert, sich einzubringen.

Das kirchliche Jahr mit seinen Prozessionen, Pfarr- und Kirchweihfesten, Einweihungen, Erstkommunion und Firmung. Zur 800-Jahrfeier der Pfarrkirche Haidershofen verfaßt Waltraud ein Jubel-Distichon, es wird im ›St. Pöltener Kirchenblatt‹ veröffentlicht.

Die weltliche Gemeinde mit ihren Bällen, Jahrmärkten, Feuerwehrfesten, Faschingsumzügen, Goldhauben,

Blasmusik und Jagdgesellschaften. Jeder Knecht darf sie zum Tanzen holen. Ein Karussell, das, einmal in Schwung gebracht, von allein nicht mehr zum Stillstand kommt.

Es braucht nicht viel, um in *die Kreise* hüben und drüben der Enns hineinzukommen. Im Gegenteil, die eingesessenen Ehepaare, ermüdet vom Austausch abgestandener Klatschgeschichten, werben um die unverbrauchten Neuankömmlinge – die jungen Oberleitners sind von Anfang an gleich mittendrin. Was eine Direktorengattin mit Schmuck und Pelz erreichen will, bekam Waltraud in die Wiege gelegt. Schnippt mit dem Finger sozusagen und verwandelt die Haidershofner Frösche in Prinzen oder Prinzgemahle. Und die Frauen spielen mit, sie ahnen, daß ihre Rolle zu bieder angelegt, zu sehr auf Sättigung bedacht ist.

Silvester, bislang mit Sektgeknalle und Raketen abgedeckt, bekommt eine Regie ganz andrer Art. Waltraud besteht auf ›Hero und Leander‹, verlangt eine Öllampe als Requisit, da ihr die Stelle wichtig ist, wo Hero einschläft und das Licht verlischt. Sie deklamiert innig und äußerst lang. Die Freunde bangen um den Jahreswechsel, ein beherzter Mann fragt Waltraud, ob sie denn auch tanzen wolle. Sie bejaht, er nimmt sie und führt sie stark nach seinem Willen, jedoch nach kurzen Schritten löst sie sich zu einer Tarantella, dreht unermüdlich ihre Kreise, greift nach der Stola, die Toni ihr als Rettungsanker zuwirft, wickelt sich ein und wieder aus, bis sie erschöpft herniedersinkt in einen Stuhl – das Neue Jahr wird eingeläutet.

in der Rolle der Tänzerin

23

Ein Abonnement im Stadttheater Steyr. Es heißt, der Vorhang hebt sich erst, wenn Waltraud in die Loge tritt und sich über die Brüstung beugt. Es gastiert das Wiener Burgtheater mit ›Götz von Berlichingen‹. Nach der Aufführung spricht sie mit Ewald Balser in der Garderobe. Fasching und Verkleidung. Ärzteball in Wien. Die Schneiderin näht nach Waltrauds Entwürfen und nach Bildern in Journalen. Pastellfarbener Organza und Spaghettiträger auf samtbrauner Haut.

Schaut her, da bin ich.

Und der Mann sekundiert: Schaut her, da ist sie.

Nicht nur auf Bällen, auch sportlich unterwegs. Mit Schäferhund Ajax und Klein-Waltraud im Kinderwagen dreht sie ihre abendlichen Runden. Schnallt sich die Schier an, um mutig die Haidershofener Hügel in schwarzen Keilhosen zu bezwingen. Sie ist nicht fad, geht alles an. Auch Tennis wird aufgenommen ins gesellschaftliche Repertoire. Und dennoch: alles nicht genug. Die Energien ufern aus und suchen nach dem ureigenen Horizont. Haidershofen ist dem nicht gewachsen. Sie sucht Verinnerlichung. Knüpft an an Mutters Frömmigkeit, die ihr, je ferner, desto näher ist. Die Krippe zur Weihnacht wird jedes Jahr neu aufgebaut. Sie holt Sand von der Enns, legt den Flußlauf des Jordan, bettet Jesus auf weißes Linnen und kleidet die Weisen aus dem Morgenland in spitzenbesetzte Brokatgewänder. Sie selbst ist der Engel des Herrn und verkündet die frohe Botschaft.

Ein Leser der ›Steyrer Zeitung‹, des ›Linzer Volksblatts‹ oder der ›Furche‹ könnte meinen, hinter dem Namen Waltraud Oberleitner verberge sich eine junge Frau, die ihr Leben der Kirche geweiht hat, eine Ordensfrau vielleicht, die in der Abgeschiedenheit der Zelle ihre dichterische Kraft Woche für Woche Gott dem Herrn zueignet, um ihm auf diese besondere Weise zu dienen. Das Neue Jahr, Mariä Verkündigung, die Karwoche, Christi Himmelfahrt, Fronleichnam, Mariä Himmelfahrt, Allerheiligen, Mariä Empfängnis, die Weihnacht – sie arbeitet sich pünktlich durch den katholischen Kalender.

Mariä Verkündigung

Sie trägt ihr Antlitz unterm frommen Haar
in sich hinein und staunt beglückt und sinnt.
Die schmalen Hände werden zum Altar,
auf den voll Hingebung ihr Dasein rinnt.

Sie ahnt die Größe nur im Engelswort
und birgt voll Demut die geweihte Hand.
Sie neigt das Haupt. Längst ist der Engel fort,
und Abendschatten dunkeln an der Wand.

Maria lauscht versonnen auf den Wind,
der sich verzückt an ihrem Fenster bricht.
Sie hält das Engelswort fast wie ein Kind,
die stille Stube wird von Sternen licht. [18]

Sie faßt die religiösen Themen aus dem Alten und dem Neuen Testament in einen »Zyklus aus der biblischen Geschichte«, gestaltet Skizzen aus dem Leben großer Menschen mit dem Übertitel »Der einzige Augenblick«: sie zwingt den spontanen Einfall in Reihen, Folgen oder größere Zusammenhänge.

Der Brückenschlag nach Steyr: Für das Katholische Bildungswerk hält sie Lesungen und Vorträge, in der Arbeitsgemeinschaft der Hausmusikfreunde ist sie Schriftführer und Obmannstellvertreter.

Sie rezitiert zeitgenössische, darunter auch eigene Lyrik im Rundfunk. Studiert das ›Gretchen‹ für ein Vorsprechen am Linzer Landestheater. Besteht die Prüfung nicht, ist schwer gekränkt und versucht es nie wieder.

Für Toni bewirken all diese Aktivitäten ehemännlichen Stolz und die Erkenntnis, daß Waltrauds Strang in eine andere, ungeortete – nicht nur gemeinsame Richtung zieht. Er bewegt sich zwischen Ohnmacht und Toleranz, bringt immer größere Sträuße glühender Gladiolen von den Visiten mit. Das Haus, inzwischen gänzlich von ihr in Besitz genommen, spiegelt Waltrauds starke Gegenwart in Fotos allerorten, in ihren Texten, gerahmt und an die Wand gehängt. Vom Gatten zu Lebzeiten museal verewigt. Aus dem Wunsch heraus, zu halten, was schon flüchtig scheint.

Wo ist sie? fragt er beim Nachhausekommen die kleine Tochter.

Im Bad, am Steg, mit Ajax, weiß nicht wo, beeilt sich das Kind mit rascher Antwort den spürbar aufgeregten Vater zu beschwichtigen.

24

Hedwig stirbt am 2. Dezember 1949 im achtundfünfzigsten Lebensjahr. Weil ihr das Herz gebrochen ist, wie Tante Bärbl sagt.

»Sie habe den Anblick Roderichs nicht mehr ertragen, sein Gesicht sei bar jeglicher Hoffnung gewesen. ... Kurz bevor sie starb, war dennoch Hoffnung für den Sohn, die Hoffnung für den Vater hatte sich ... mit Daumen-, Herz- und Hirnschrauben und trügerischem Glück erschöpft, für den Sohn sah sie noch Hoffnung, denn er hatte die Religion.« [19]

Roderich sollte ihren Tod als Sühne hinnehmen, froh sein, daß er leiden dürfe und als ihr letztes Vermächtnis versuchen, zu Gott hinzustreben.

Hedwigs letzter Brief an Waltraud ist mit roter Tinte – wie mit Herzblut – geschrieben. Sie weiß von ihrer Tochter Schwangerschaft und ahnt, daß sie das zweite Kind nicht mehr in Händen halten wird.

»...Etwas Unwirkliches schob sich zwischen jene Tage, in deren Bewußtsein meine Mutter, wenn auch fern von mir, aber doch als lebendig-fühlbare Gegenwart, die mir im Geiste meiner Jugend so vertrauten Dinge tat und das plötzliche, durch nichts zu verschleiernde Wissen, daß sie ab nun für mich in menschlichem Sinn unerreichbar geworden. ... Das Ungesagte vieler Alltagstage, das Ungetane von Stunden, da man sich irgendwie seiner Liebe schämte und all das, was man noch tun und wie man sich noch wandeln wollte nach ihrem Bild, brennt nun wie Überfluß, der keine Mündung findet. ...« [20]

Am 2. März 1950 wird Hans Anton geboren. Bürgermeister, Pfarrer, Vertreter von Kulturvereinen übergeben persönlich Glückwünsche und Geschenke.

Der Grenzverkehr hat sich normalisiert, der Visumszwang ist aufgehoben. Bärbl kommt an Großmutterstelle angereist, sie wird gebraucht und ist glücklich. Die Ruinen in Würzburg hat sie gegen Leibrente verkauft, dahinter eine kleine Wohnung bezogen mit unmittelbarem Blick auf die Mauerreste einstigen Hausbesitzerstolzes.

Wie ist sie doch gewillt, die *Hänsel-und-Gretlfamilie* zusammenzuhalten, gemeinsam mit Köchin und Kindermädl dem *schönen Paar* alles aus dem Weg zu räumen, was sie an der Ausübung ihrer Pflichten und Neigungen hindern könnte. Die Taufe wird aufs festlichste ausgerichtet, Taufkleid und Steckkissen überholt, die Säuglingswäsche mit Monogramm versehen. Hans Roderich soll kommen, ihr *Herzenshansl* – soll kommen als Taufpate des Neffen, eines Hans der dritten Generation.

Und er kommt als gebrochener Sohn und Bruder, von der Sucht gezeichnet, von Schuldgefühlen gequält, jedoch in Liebe aufgenommen und bereit, die erforderliche Verdrängung zu leisten.

»Wir waren beide erwachsen und getrennt, und bemüht durch Briefe einander kennenzulernen, bis zuletzt die

Wahrheit seines Lebens offenbar wurde. ... Die Wahrheit im Gesicht Roderichs, auf dem Friedhof, als man seine Mutter hinabließ, war das entsetzlich Sichtbare einer über Backenknochen und Kinn gespannten Haut, die zuckte und sich verzerrte, einer teuflischen Macht unterworfen, gegen die er den Kampf aufgegeben hatte.« [21]

Bärbl meint, man müsse nur den Medikamentenschrank versperren, um das Ärgste zu verhindern, doch Toni gibt ihm als erkennender Arzt die Dosis. Ihn und Waltraud schmerzt es, die mentalen Veränderungen wahrzunehmen. Sie bemerken an Roderich eine zunehmend läppische Fröhlichkeit. Diese kommt klein Waltraud zugute, sie nimmt den Onkel an der Hand, entführt ihn in ihr Kinderland.

Für kurze Zeit löst sich Waltrauds Lebensspannung zugunsten Mutterglücks und familiärer Bindung. Sie ist ihrem Mann ganz selbstverständlich nah.

» ... Sein Tun war wie das Errichten eines Schutzwalls um seine werdende Familie. Und als das Kind da war, ein zartes, blondes Bübchen, wußte sie, daß etwas in ihr Leben getreten war, das als Gemeinsames nie mehr ausgelöscht werden konnte.« [22]

Ein Preisausschreiben im Herbst desselben Jahres reißt sie aus der wohligen Wärme. Sie stürzt sich in die Arbeit und hat Erfolg. Ihre Novelle »Versuchung« erscheint in der Anthologie ›Seltsame Wege‹ im Verlag der Stiftsbibliothek St. Florian.

Man ist versucht, aus der Novelle *ihre* Geschichte herauszulesen, zu deutlich ist der autobiographische Verweischarakter. Es ist die Rede von »leiser Schwermut und grüblerischer Sehnsucht [...] nach jenem unbestimmten, blauen Land über dem bürgerlichen Alltag«. Die Protagonistin »hatte ein schönes Heim, führte ein sorgloses, nach ihrem Belieben zu gestaltendes Leben, hatte einen Mann, dessen Name in der menschlichen Gesellschaft bereits Klang hatte, ein reizendes Kind und nicht zuletzt ihre eigene, aparte Erscheinung, das alles freute sie wohl, doch nicht in dem Maß, daß es bis zur Zufriedenheit gereicht hätte«. Wiewohl sie die Haltung ihres Mannes »als eine Felsenburg« empfand, an die sie sich lehnen konnte, seine »klare Zielsicherheit« schätzte und ebenso »sein naturhaft verbliebenes Gefühl, das feinen Takt enthielt und seine aufrichtige Männlichkeit«, stürzte sie sich »in das gesellschaftliche Treiben der kleinen Stadt, empfand seine Hohlheit und ließ sich trotzdem von ihr fangen. [...] Flucht vor klarer Besinnung und die Übertönung unerfüllter Wünsche durch ständige Bewegung«. [23]

Die Novelle endet fromm-versöhnlich, es bleibt bei der Versuchung. Geläutert kehrt die Beinahe-Ehebrecherin in die »frohe, gesunde Menschlichkeit« ihres Mannes zurück. Kein Aufbruch im Sinne ›Noras‹. »Die Frau und der Mann begannen wieder aufzubauen, er – gemäß seiner Bestimmung – mehr nach außen hin und sie nach innen.« [24]

Kopfweh und eine immer höhere Dosis Duan. Die Frau Doktor bestrahlt heute nicht, sie hat Migräne, wissen die Patienten.

Die Mutter sei in Steyr, erweitert das Kind ihre Auskünfte dem Vater, der ermüdet von der Praxis die immer selbe Frage stellt. Er findet eine flüchtige Notiz, daß er nicht auf sie zu warten brauche, sie werde nach der Probe in der Schloßkapelle gewiß und sicher heil nachhaus gebracht. Im übrigen habe Bärbl einen rohen Hasen (von dem oder dem Patienten) in eine gespickte Köstlichkeit verwandelt, sie habe schon gekostet. Und küß die Kinder – auch von mir.

Am 19. März 1951 nimmt sich Hans Roderich das Leben. Die tödliche Dosis Luminal führt zu Atemlähmung und Herzstillstand. Man möge ihm verzeihen, aber mit seinem Leben wäre nichts mehr geworden, er sterbe nicht als Ungläubiger, wenn auch als schwerer Sünder.

Kurz vor seinem Tod hatte er alle bayerischen Barockkirchen aufgesucht, sie fotografiert, dokumentiert und mit persönlichen Anmerkungen versehen:

... das Zurückschwingen und Ineinanderdringen von Haupt- und Nebenräumen erzeugen eine transzendentale Raumdynamik, führen mich nah, mein Gott, zu dir ...

» ...Roderichs Freiheit war ein Tiger, eine Riesenschlange, ein Hai, und es waren quallige Massen – er stieg auf Berge, kniete in Kirchen und versuchte es mit Wohnküchenwärme ...«[25]

Waltraud verfällt verstärkt in den Rhythmus ihres überdrehten Uhrwerks.

In Tagebuchblättern und Erinnerungen verarbeitet sie Kindheit und Jugend – die verlorene Vergangenheit. Sie signiert von nun an mit Waltraud Oberleitner-Schottenloher.

Ein silbergraues Moped ermöglicht jenen Freiraum, den sie beansprucht und jene Aura, die zur Legendenbildung anregt.

Ich hab sie gesehn, zuerst war sie beim Meidl und dann beim Lintl.

Bist du sicher?

26

Waltraud Gerber, geborene Oberleitner, hat eine Scheu, über ihre Mutter zu sprechen oder gar zu urteilen. Zu groß sind die in der Kindheit erfahrenen Verwund(er)ungen und Verstörungen. Nur aus der Distanz der Jahre kann sie mit der Tatsache umgehen, daß sie zu einem Gutteil der Mutter ähnlich ist. Sie sagt, daß eigentlich der Vater die Mutterrolle übernahm, so hieß es auch *die* Vater und *der* Mutter – er wollte ja die Kinder haben. Nicht daß es an Mutterliebe fehlte, aber auf eine Weise ausgeübt, die mehr der Mutter als dem Kind entsprach.

»... Meine Eltern haben sich sehr stark miteinander beschäftigt, laut und temperamentvoll, ich war als Kind zurückgezogen, habe mich immer versteckt, am liebsten unter einer Tarnkappe oder in einem Winkel, von dem aus ich mich staunend fragte, was machen sie, was ist da los? Da war so eine ungeheure Spannung. Ich wollte mich am liebsten entschuldigen, daß ich auch noch da bin und sie störe. Meine Mutter hat jeden Platz okkupiert, vor allem den der Schönheit. Ich war im Gegensatz zu ihr blond und unauffällig, hab für mich selbst kein eigenes Gefühl entwickelt. Meine Art von Liebe für meine Eltern war grenzenlose Bewunderung, besonders für meine Mutter, weil mein Vater hat sie über alle Maßen bewundert. Ich habe diese Form von ihm übernommen, sie hat mein späteres Leben geprägt. Meinem Mann konnte ich auch nur Bewunderung entgegenbringen. Man steht da wie vor einem Monument und kann es nur bewundern. Ich bin in dem Bewußtsein aufgewachsen, du mußt aus deinem Leben etwas Besonderes machen. Man denkt sich das ja nicht aus, so eine Haltung saugt man mit der Muttermilch ein. Es gab konservative Züge in unserer Familie. Das war schön. Es hat geklingelt und das Dienstmädchen hat die Speisen hereingebracht. Es war absolut die Mutter, die den Stil hereingebracht hat. Doch urplötzlich begannen die Eltern miteinander zu streiten. Da sind die Servietten in der Luft herumgeflogen. Ich war nicht gewohnt, an einem Gespräch teilzunehmen. Ich war einfach atemlos. Ich hab gelernt abzuschalten. Die Worte sind wie eine Melodie an mir vorbeigerauscht, wie wenn sie eine fremde Sprache sprächen. Daheim war ich das leiseste Kind, wie gelähmt, in der

Schule konnte ich keine Minute still sitzen. Sie ist mit mir immer impulsiv umgegangen. Hat meine blassen Wangen mit Lippenstift bearbeitet, aber so grob, daß ich es kaum ausgehalten habe. Wenn sie mir mein Roßschwanzerl ganz fest zusammengebunden hat, sodaß ich fast zum Weinen kam, sagte sie: Schönheit muß leiden. Sie hatte etwas sehr Spontanes. Jetzt hab ich Hunger, ich mach uns ein Eis... Jetzt gehen wir schwimmen oder jetzt will ich das und das. Ihre Zärtlichkeit war fordernd: Mausi, komm her zu mir. Sie hat uns nie Märchen erzählt, sondern Balladen vorgetragen, Märchen waren ihr zu wenig schaurig. Am schrecklichsten war ›Der Heideknabe‹ von Hebbel, eine düstere Mordgeschichte. Sie hatte mit uns immer etwas Besonderes vor. Das Äußere spielte eine große Rolle. So mußte mein Bruder bis in die Volksschule seine Locken tragen, bis zum Nacken, und beim Kirchgang eine Pullmanmütze aufsetzen, schräg in die Stirn gezogen – selbst wenn er sich wehrte. Wenn Besuch kam, hat sie uns Kinder vorgeführt, schön frisiert und schön gekleidet. Hans und ich spürten, wir mußten etwas leisten, wenigstens einen Purzlbaum. Letztlich endete es in einer Rauferei zwischen uns beiden. Das gehörte dazu, wir hatten uns alle sehr lieb, eben auf diese Art und Weise. Meine Mutter hat sich relativ rasch eine eigene Welt gebaut, die sie mit meinem Vater nicht teilen konnte. ...«[26]

Eine überhöhte Welt. Die gewöhnliche Welt wird mit dem Vater gelebt. Wenn die Kinder ihn zum Beispiel bei den Visiten begleiten und bei den Bauern eine Jause bekommen. Oder er spaziert mit Hund, Hans und Wal-

die Geschwister Waltraud und Hans

traud die Enns entlang zum Friedhof, liest die Grabinschriften vor und erzählt Geschichten über die Toten. Einmal zeigt er ihnen die Leiche eines Holzarbeiters:

Schauts, wie schön er ist! Der damalige Stolz auf den Vater ist noch gegenwärtig.

Am Sonntag ist er wie der Kaiser durchs Land gezogen und alle haben ihm zugewunken. [27]

Das gemeinsam Gelebte mit den kleinen Kindern ist – zumindest an den Wochenenden – reglementiert. Spielt sich ab zwischen Besuchen bei den Großeltern in Ferschnitz und den Verwandten in Wels. Toni ist seiner Familie anhänglich, Waltraud folgt ihm streckenweise, lebt darin Reste ihrer bürgerlichen Erziehung aus. Oder man verbringt den Tag mit Freunden an der Bootshütte. Waltraud badet nackt und sonnt sich auf dem Steg.

Später werden die Kinder – zu Tonis Leidwesen – verschiedener Obhut anvertraut und man fährt mit den Freunden aus vorwiegend Steyrer Ärztekreisen an attraktive Fremdenverkehrsorte: ins salzburgische Lofer, zum Mondsee und zum Wolfgangsee, nach Hinterstoder, ins Gesäuse. Waltraud erzählt den Kindern vom gewagten *Ennstaler Schritt*, bei dem sie senkrecht unter sich auf den tiefen Abgrund und das gischtschäumende Wasser geschaut hat.

27

Die Ausflüge münden in Festen, welchen ein Name gegeben wird, zum Beispiel das Piratenfest, wo es darum geht, sich einen Piraten zu erobern oder von einem erobert zu werden. Die Spielregeln sind frei erfindbar und es gelten die jeweils besseren Ideen. Das im Freundeskreis eingefahrene Schema wird durchgespielt: die Männer allesamt von Waltraud angetan. Die Frauen, wie gesagt, beim Spiel dabei, und auch Toni bekommt seine Rolle. Es gibt Frauen, die nach Toni Ausschau halten, besonders jene, deren Männer in Waltrauds Spielplan als Hauptdarsteller eingesetzt. Da geht es kreuz und quer, jeder bekommt seinen Teil. Sie sind ja Freunde und wollen *beieinander bleiben.*

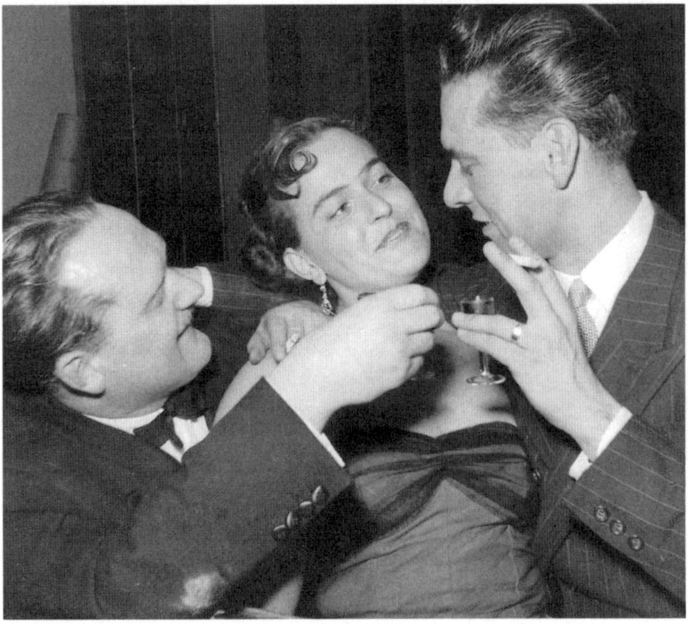

Toni und Waltraud im Rollenspiel mit einem Dritten

Man glaubt sich zeitlich vorausversetzt auf jene Römerquellenplakate, wo augenscheinlich sich ein Paar genügt, doch dem Beschauer durch Blicke oder Gesten angedeutet wird, daß längst die Angel ausgeworfen ist nach einem Dritten.

Ich hab sie sehr geschätzt, obwohl mein Mann ein starkes Auge auf sie geworfen hat.
Sie war herzlich und kameradschaftlich, man hat sie mögen müssen.
Sie war facettenreich, hatte auch ein kindliches Naturell.
War empfindsam.
Das Exzentrische war eine Art Schutz für sie.
Diese Frau war dermaßen schön.
Er wollte sie halten, sollte die Welt darüber untergehen.
So hat er mitgetan, vielleicht auch gegen seinen Willen.
Sie hat immer den ersten Platz beansprucht.
Hat alle vereinnahmt.
Sie brauchte die pausenlose Anerkennung, war süchtig danach.
Ging dafür jedes Risiko ein.
Sie konnte nicht kochen, aber sie hat so toll gedeckt.
Sie hat einen gesellschaftlich-literarischen Salon geführt.
Und das in Haidershofen.
Sie hat sich über alle Regeln hinweggesetzt.
Hat ihre schützende Schwelle überschritten.
Sie fand die innere Ruhe nicht. [28]

Ein grell gefiederter Vogel im provinziellen Hühnerhof zu sein genügt ihr nicht. Sie breitet ihre Flügel aus nach Deggendorf, ihre anerkennende Heimat, wo sie im Kulturkreis Geiersberg als Lesende im Rokokokostüm mit kammermusikalischer Begleitung auftritt. Es ist Karneval, sie hat die Kondition, zwei Tage und zwei Nächte durchzufeiern.

Besucht den Vater, der zum zweiten Mal geheiratet hat: eine einfache Frau, eine Lehrerin aus bäuerlichem Milieu, die schon mit Hans Roderich befreundet war, ihn auf seinen Barockkirchenreisen begleitet und die Familie Schottenloher in schweren Zeiten mit Naturalien beliefert hat. Eine unscheinbare, herzenswarme Frau, die diesen Mann liebt und verehrt, aber von Waltraud mit Erstaunen und Befremden wahrgenommen wird. Dem Vergleich mit der Mutter hält sie nicht stand, wie sollte sie auch.

»Nach dem Besuch in der neuen Familie meines Vaters war ich krank. Nach meiner Mutter kann ich mich heute noch bis zu Tränen sehnen. Und ich hing maßlos an zu Hause. Nun bin ich auch dort fremd. Vater spielt seine Rolle so, daß er sie selber glaubt. Er unterhielt sich mit mir wie mit einer jungen Dame, deren Tischnachbar er zufällig geworden ist.« [29]

Dem Vater tut diese Frau gut, ist sie doch eine fromme, bedingungslose Gefährtin, willens, ihm in seiner Sucht helfend beizustehen.

28

Waltraud ist sich ihres ambivalenten Wesens bewußt. Sie haßt das voyeuristische Interesse an ihrer Person, das sie durch ihr Verhalten zwangsläufig hervorruft, reflektiert die Rollen, die sie sich zugedacht und will sich von ihnen befreien. Flüchtet sich in die Natur, die ihr oft näher ist als die Kunst.

»Nun ist wieder die Zeit der Spaziergänge gekommen, so kann ich der Enge entrinnen, die mich so sehr ängstigt. Kann ein wenig die Unruhe betäuben, die mich oft sinnlos umhertreibt. Der Vormittag geht dahin mit Menschen, die das Recht haben, mich wegen eines Hühnerauges eine Stunde lang zu drangsalieren, oder mit Versuchen auf der Kochplatte, auf der ich mich schon genügend gebrannt habe, oder mit dem fruchtlosen Addieren langer Zahlenreihen... so muß ich mich zu den Dingen flüchten, die mich wirklich berühren. Das gelingt mir am sichersten bei meinen Spazierläufen. Auf dem Weg den See entlang, dem schmalsten Weg, den man sich denken kann. Wenn alles belaubt ist, geht man dort wie in einem grünen Gang, und niemand begegnet dir, denn es ist ein verbotener Weg – Einsturzgefahr. Dann über die Eisenbahnschienen (auch verboten), die jedes Mal meine Reisesehnsucht neu entfachen, hinauf auf eine Höhe, ein Plateau wie ein Naturpark, mit Wald, Büschen und seltenen Sträuchern, von dem aus man Haidershofen mit seinen acht Häusern, die Enns bis Steyr und den Stausee überblicken kann. An klaren Tagen steigt das Gebirge auf, in scharfen Konturen wächst der eigenartig geformte Traunstein empor. Dort oben werfe ich mich ins Gras und starre in den Himmel. Doch ich muß aufpassen, daß mich kein Holzarbeiter sieht und an meinem Verstand zweifelt. Denn ich müßte doch als Mutter und Frau eines Arztes anderwärtig beschäftigt sein. Wenn ich, noch ganz in einem Traum versponnen, zu Hause ankomme, wartet sicher eine Autoinvasion, die selten in meinen Traum paßt. Meine Spazierläufe sind ein Rennen im Kreis und ich denke oft an den ›Panther‹ von Rilke. Heute ist Heimatabend: für die Masse ein Zuckerl. Aber ich kann das Jodeln nicht vertragen und muß die Gäste empfangen. Natürlich ziehe ich ein Dirndl an. Nachher wird fleißig dem Wein zugesprochen und alles versandet. Morgen besuchen wir die Familie Sektionsrat in Wien, übermorgen darf ich meinem ›Malerpfarrer‹ Modell sitzen. Und an einem nächsten Abend spielt in der Bar in Steyr eine verblichene Pianistin bis zur Zerspielung die ›Schwarze Rose‹. Ich lebe in einem Käfig, in dem ich zum Amusement einiger Menschen mit gestutzten Flügeln zu fliegen versuche. Jede Regung wird von der Umwelt notiert, in ihre Schau hineingezogen und ohne daß man dabei ist, wird man ausgezogen. Ich habe das alles so satt. Ich will in die Tiefe, doch es hängen sich irgendwelche Quallen an meine Beine, die wie Fettflecken immer wieder an die Oberfläche steigen.« [30]

Sie zweifelt am Sinn ihres Schreibens und äußert sich dazu mit den Worten Hofmannsthals: ›Die Worte zerfallen mir im Mund wie modrige Pilze‹.

»Ernst ist mir alles, was ich schreibe, vieles aber schreibt sich von selbst, ohne die Ballung meiner Gefühle mitzunehmen. Mein letztes Gedicht könnte ein mittelmäßig begabter Schweizer geschrieben haben. Wenn ich nur dieses übermäßige Verlangen nach der Wahrheit meines Ausdrucks mindern könnte. Ich weiß nicht, ob ich weiter schreiben soll. Im Verhältnis zu dem, was ich sagen möchte, ist das endlich Gesagte viel zu schwach und verschwommen.« [31]

Sie bespricht sich mit der in Haidershofen ansässigen Lyrikerin Veronika Handlgruber-Rothmayer, einer gebürtigen Wienerin. Anton Oberleitner hatte die Ordination ihres Vaters übernommen. Doch fügt sich diese in die Tradition humanistischen Bildungsgutes und hat keine Zweifel am Schönen und Guten des dichterischen Wortes. Sie gehört zum Kreis von Waltrauds Tee- und Abendstunden, und Toni ist ihr besonders lieb und wert.

Also Orientierung anderswo.

29

Waltraud Oberleitner-Schottenloher weiß, daß ihr die zahlreichen männlichen Verehrer keine Hilfe sind in ihrer Sprachkrise. Sie reihen sich in den Kanon der Bewunderung, schicken Blumen, äußern schriftlich oder mündlich ihre Ehrerbietung, bleiben haften am äußeren Erscheinungsbild, das sie verwechseln mit ihrem Anspruch an absolute dichterische Existenz. Allesamt schmarotzende *Kulturgalane*, die über das vorgebliche Interesse an Kunst, Waltrauds offizielle oder private

Nähe suchen. Wie Nachbar M. zum Beispiel, der minnesängerisch sein glühend Werben in Reime zwängt:

Hast je den Schrei des Adlers du gehört, der frei
um höchste Alpengipfel schwebt?
Hast je die Glut des Samum du gespürt, der durch
die Wüste hitzeschwanger tobt?
So schreit und tobt mein Mannestum nach dir.
Sahst je im Mondschein du Gazellen schweben,
so ganz geschlossnes, flüchtig Leben,
so traumhaft schön zieht feinstes Weben in meiner Seele
ganz für dich allein! [32]

Nicht daß solche Zeilen sie unberührt ließen. Jedoch: Wenn einer wäre, der ihr Kritik entgegensetzte, der sie bestätigte oder weiterführte auf dem Weg des gesetzten Ziels: im Wort sie selbst sein, so dicht und klar wie nötig, ohne erklärende Verzierung, redundanzlos. Am liebsten in einem Satz ihr Leben schreiben.

Waltraud hält ständige Verbindung mit dem Rundfunk.

Im Herbst 1954 lernt sie den in Paris geborenen Innsbrucker Axel Corti kennen: als Autor, Intendant und Sprecher des Landesstudios Tirol. Sie lernt ihn kennen als unbestechlichen, kompromißlosen Einzelgänger, der um nichts in der Welt auch nur eine Zeile in den Äther schickte, die seinen Kriterien nicht entspräche. Ihr Regengedicht – pointillistisch hingetupft – kommt bei ihm durch, und sie ist sicher: nur als Gedicht, ohne Zutun ihrer Person.

Regen

Immer wenn Regen
die bunten Dinge einschläfert
bin ich bei dir.

Sanftes Schattenspiel …
hinter singenden Schleiern nur
eint man sich ganz.

Du, in einer Stadt,
siehst Buntes im Rinnstein schwimmen
und denkst an nichts. [33]

Corti entschuldigt sich bei der ihm bislang unbekannten Waltraud Oberleitner-Schottenloher, daß eine *larmoyante* Sprecherin ihre Regen-HAIKUS gelesen habe, merkt aber zugleich an, daß dieser aus 17 Silben bestehende japanische Dreizeiler aus 5+7+5 Silben bestehe, welche Formel die werte Autorin nicht eingehalten, sondern eigenmächtig in 5+8+4 Silben abgewandelt habe. Die zweite Forderung des HAIKUS, den flüchtigen Augenblick eines Naturerlebnisses zu fassen und an eine Ursituation des Menschen anzubinden, habe sie jedoch intuitiv getroffen. An eventueller Rücksprache sei er interessiert.

Sie auch. So genau hat keiner noch ein Wort von ihr gelesen, geschweige einen Tadel abgegeben. Geradezu schulmeisterlich belehrt hat er sie, der junge Herr Hörfunkredakteur.

Salzburg, Seefeld, Gmunden ... je nachdem, wo er eine Aufnahme, ein Interview oder eine Reportage *in den Kasten bringen* muß, treffen sie einander am jeweiligen Ort. Schon nach dem ersten Mal ist es gewiß, daß es so sein wird. Die unausgesprochene Gewißheit um die Unmöglichkeit einer künftigen Verbindung ist die geheime Chiffre ihrer Bindung. Es ist nicht das Verbotene, das sie auskosten, vielmehr die Unschuld jener Königskinder, die zueinander nicht kommen können. Da ist die Rede von Nachtigallen und Paul Claudels ›Seidenem Schuh‹, von Salzachs harten Kieselsteinen in einer kühlen Mondnacht. Sie kommunizieren vorwiegend im *Brieftäubchenverkehr*. Er sucht nach einem kulturellen Anlaß zwischen Steyr und Haidershofen, der seinem *Waldschrat* (seinem *Sonnenhäuptling*, seinem *braunen Kind*, seiner *geizigen Schöttin*) zum *Schmetterlingsnetz* werden könnte. Vielleicht ein *Waltrautöser Lyrikabend* gemeinsam mit Oberösterreichs großem *Blubo-Dichter* Richard Billinger. Aber da sie ja in dieser Gegend jeden *Hilfsbürgermeister* kenne und irgendwelche *Unholde* ungefragt in ihr Haus *räuberisch einfallen*, bliebe da kaum Zeit und Raum für eine *geschwisterliche Fledermausstunde*, also nehme er Abstand von einem Arrangement solcher Art. Er wolle sie nicht *othellös* bedrängen, er verstehe, daß sie in Haidershofen *Sonne* sein muß und wünsche ihr, der *bayerischsten aller niederösterreichischen Heimatskribenten* viel Fleiß bei der Durchsetzung der Subventionen für den Hausmusikkreis und Dichterverein Concordia Haidershofen. Sie solle ob seiner Anmerkungen nun nicht *die Stirne rünzeln und die*

Sechser zurechtstreichen, sie sei ja schön genug, aber zu wenig verständig. Sie – *a verpatzta Bua und femme zum Quadrat zugleich* – müsse wohl in dem verharren, was um sie gelegt ist in *vielen bitteren Windungen*. Wenn er da die Hände dran lege, täte er ihr höchstens noch mehr weh. Wäre er aber ihr Mann, würde er sie mit *Curry und all den anderen Gewürzen Indiens und Arabiens würzen*, damit sie *genießbarer* würde. *Nach so einer Prozedur schmeckten selbst die Sonntagsbraten der Zigeuner ganz gut: die Igel – nur werden die noch tüchtig geklöpfet.*

Und über ihre Gedichte sagt er, sie seien stark, aber nicht so stark wie ihre Urheberin selbst.[34]

Adieu.

Ihre HAIKU-Lektion hat sie gelernt. Sie schickt dem Lehrmeister – poste restante – einige makellose zum Lebewohl:

Unter Schneewolken
unter eisblauen Zweigen
blüht mein Feuer lang.

Kalter Vogelleib,
seltsame Blume im Schnee,
dein Lied in mir ruht.

Tödlicher Flug
rötet die weißen Himmel,
gräbt sich in Marmor.

Mich wunderte nicht,
wenn der starre Kirschenzweig
plötzlich erblühte.[35]

30

Der Alltag hat sie wieder. Die Freunde sind solidarisch: sie ist Künstlerin, es steht ihr zu.

Toni verliert kein Wort. Er setzt auf Großmut. Das Tiroler Gewitter ist klärend vorübergezogen.

Tante Bärbl eilt beschwörend herbei: ach Traudile, du wirst doch nicht, Traudile, ich bitte dich!

Die zehnjährige Waltraud kommt 1956 ins Internat nach Gmunden, in das katholische Mädchenpensionat mit schloßartigem Park. Der gute Ruf der Schule, die schöne Gegend, der Traunsee, die nahe Ausflugsmöglichkeit – und ein Anflug von: man schickt sein Töchterl aufs Internat. Dort ist sie gut aufgehoben, trägt dunkelblauen Faltenrock und weiße Bluse. Alle vierzehn Tage kommt ein Elternteil auf Besuch, einmal im Monat wird sie nach Haidershofen geholt, vom Vater, über den Umweg nach Wels, zu Resi Schinninger, Tonis wichtigster Bezugsperson. Für das Mädchen bedeutet diese Klosterschule einen ersten Lebensbruch: Trennung vom Bruder, Beraubung der Haidershofnerschen Wald- und Wiesenfreiheit.

In den großen Ferien fahren die Geschwister nach Würzburg. Werden in Linz in den Zug gesetzt, der Schaffner weiß Bescheid, die Kinder halten sich an der Hand, bis sie Tante Bärbl am Bahnsteig erblicken. Sie bleiben mehrere Wochen, spielen in den Ruinenresten der kleinen Wohnung gegenüber und buddeln aus dem Schutt zu Bärbls Freude eine unversehrte Teetasse aus Krausschem Familienbesitz. Einmal kommt Waltraud nach, allein. In der Erinnerung bleibt, die Mutter habe ein barockes Blumenkleid getragen, habe die Kinder ausgeführt, sei im Hotel abgestiegen und habe Freunde aus der Studienzeit aufgesucht. Und ein zweites Mal machen sie auf der Rückfahrt halt in Deggendorf, um Hans, den Großvater zu besuchen. Er ist Betty, seiner zweiten Frau, ganz ergeben. Wartet in Metten vor dem Schulhaus, bis sie den Unterricht beendet hat. Den Enkeln sagt er, *jetzt machen wir uns eine Hetz*, geht mit ihnen in eine Spielwarenhandlung, kauft drei *schröckliche* Masken, dringt mit ihnen maskiert in Bettys Klasse ein, und sie tun ihr Bestes, um die Schüler aufs fürchterlichste zu erschrecken. Anschließend habe er die Kinder auf den Kirtag geführt, ihnen aber nicht Zuckerwatte oder Schaumrollen gekauft, sondern extra würzige Emmentalerbrote mit viel Salz und Pfeffer. Waltraud läßt sich auf der Heimfahrt die Geschichten erzählen. Sie muß lachen, sie kennt ihren Vater, sie ist ihm ja ähnlich.

31

Als Arztensgattin hatte sie ein schönes Leben: angesehen und geliebt, sorgenfrei, zwei reizende Kinder.

Sie bekam jede Freiheit oder hat sie sich genommen. Aber es war ihr alles zu wenig.

Ein bisserl schreiben, ein bisserl rezitieren, ein bisserl veröffentlichen, im übrigen schön und bewundert sein, sozusagen das glamouröse Radieschchen auf Tonis Brötchen sein, das wars nicht.

Sie hatte so etwas wie ein Sendungsbewußtsein, das heißt, für einen bestimmten Sinn auf die Welt gekommen zu sein. Auf keinen Fall durchschnittlich sein, sich immer aus der Masse hervorheben. Nicht so sein wie die anderen, das war ihr Ziel, und es zeigte sich in jeder Kleinigkeit.

Sie suchte nach etwas, was sie in Haidershofen nicht finden konnte. Sie bekam viel Applaus, aber keine literarische Auseinandersetzung. Was sie zur Teestunde vortrug, war von vornherein beklatscht.

Sie strebte nach Erfüllung ihrer Persönlichkeit im Sinne von Ernst Jünger: ›Leben heißt sich in seiner Gestalt bestätigen.‹ Sie zitierte diesen Satz, schrieb ihn auf und rahmte ihn.

Da ihr diese Erfüllung nicht gelang, verlief ihr äußeres Leben immer exzessiver, sie lebte für landärztliche Verhältnisse ein dolce vita und nannte es die blauen Stunden.

Die hohe Geistlichkeit war nicht ausgenommen. Und immer mehr Alkohol.

Sie hat Autos in den Graben gefahren oder bewirkt, daß Verehrer, die sie nach irgendeinem Volksfest nach Hause fuhren, dasselbe taten. Ihr Mann stand dem ganzen hilflos gegenüber, sein Ziel war ja, sie um jeden Preis zu halten, und so machte er gute Miene zum bösen Spiel, ja er spielte sogar kräftig mit: lieber so als gar nicht. Seine Eltern waren tiefkatholisch, der Bruch einer Ehe galt als letztes Mittel. [36]

Jahrelange Ahnung und Befürchtung werden zur Gewißheit. Risse und Brüche lassen sich immer schwerer kleistern. Waltraud hat die Antennen ausgelegt, um ihrem maßlosen Ich gerecht zu werden.

32

Heinrich Dunkl.

Architekt und Ästhet, Fotograf, Philosoph und Literat, Kosmopolit und Bonvivant. Ein Heinrich Hagestolz, ein Stefan George-Kopf. Apothekersohn und Teilerbe des schönsten spätgotischen Hofes der Stadt.

Er gilt als Snob. Der Ehe ist er bislang ausgewichen, aber nicht den Frauen – den besonderen natürlich. Und er hat keinen Mangel: gelangweilte, erlebnishungrige Ehefrauen sind sein Revier, sie fallen ihm zu, mühelos. Mündet die Affaire in Müdigkeit, wird sie nobel beendet, auf Büttenpapier, mit Blumen und entsprechendem Geschenk.

Sie kennen und erkennen einander immer wieder, zufällig oder mit Absicht. Im kleinräumigen Steyr laufen sich Ästheten von selbst über den Weg, zumal sie immer die ersten Adressen anlaufen, ob das der erste Friseur, der erste Juwelier, die erste Apotheke, die erste Buchhandlung oder das erste Restaurant am Ort ist.

In Heinrich Dunkls unmittelbarer Nachbarschaft steht die barocke Michaelerkirche mit dem ehemaligen Jesuitenkloster, jetzigem Bundesrealgymnasium, wo Waltraud Oberleitner ebenso wie in der Schloßkapelle Lesungen hält und Vorträge organisiert. Er riskiert schon einmal die paar Schritte, um diese außergewöhnliche Erscheinung näher in Augenschein zu nehmen. Und sie scheint innerlich zu halten, was sie äußerlich verspricht.

Auch in Gmunden gibt es Begegnungen. Er bewohnt sporadisch eine Villa am Traunsee mit Bootshaus, sie stammt aus Dunklschem Familienbesitz. Sommerlich-segelnd erblickt er diese Frau beim Schwimmen oder beim Sonnen auf der Bräuwiese nach dem monatlichen Besuch bei ihrer Tochter in der Klosterschule. Vielleicht fiel Waltrauds Wahl des Internats auf Gmunden, weil sie diesen Mann am Traunsee wahrgenommen hatte.

Die Tochter ist gewohnt, daß die starke Präsenz der Mutter noch fotografisch verstärkt wird. Daheim keine Wand ohne ein Portrait der Mutter, Fotos auch in der Schule, im Schlafraum. Die meisten Aufnahmen stammen vom Vater, es sind Manifeste seiner unwandelbaren Bewunderung und tragen seine fotografische Handschrift. Die Bilder sind Wärmespeicher in den kühlen Klostermauern. Und die gemeinsame Bewunderung ist familiäres Band, ist stärker als alles Trennende.

Und plötzlich Bilder wie von einem anderen Stern. Starfotos in Schwarzweiß und Großformat. Die vertraute Mutter mit einem Zuwachs an städtischem Flair und ganz neuer Apartheit. Die perfekte Pose, der fremde Blick auf fremdem Hintergrund. Zur Schau gestellt, wie ein Plakat. Das Kind erschrickt. Aus diesen Fotos schaut die Gestalt aus einem unbekannten Märchen. Was ist geschehen, wer hat mit ihrer Mutter das gemacht?

der fremde Blick auf fremdem Hintergrund

33

Curriculum vitae des Zivilarchitekten Heinrich Dunkl bis 1956:

Geboren am 8. April 1905 in Innsbruck. Realgymnasium in Gmunden. Studium an der Technischen Hochschule in Graz für Hochbau. Unterbrechung des Studiums. Aufenthalte als Maler in Wien, Paris (Schüler von Fernand Léger) und Berlin. 1932 Zweite Staatsprüfung. In den Jahren 1928 bis 1933 Studienreisen nach Deutschland, Frankreich, Italien, Nordafrika und Griechenland. Parallel zur Architektur ernste literarische Versuche belletristischer und philosophischer Natur. Regelmäßige Veröffentlichungen in deutschsprachigen Zeitschriften unter dem Decknamen Michael Darker. Seit 1938 freischaffender Architekt in Steyr. In diesen Jahren mehrere Wohnhaus-, Verwaltungs- und Industriebauten geplant. 1942 bis 1945 Militärdienst bei der Deutschen Luftwaffe. 1946 bis 1948 Wiederaufbau des im Krieg zerstörten Nordtrakts des Realgymnasiums am Michaelerplatz. In den letzten Jahren Bauten von Banken, Schulen und Wohnhäusern, Umbauten, Einrichtungen, Ausstattungen geplant und durchgeführt.

Als Knabe anders als die meisten: ›frühgereift und zart und traurig‹. Ein Sproß des fin de siècle, mit Zweifeln am Wort und Fragen nach dem Sinn des Lebens. Wenn andere Fußball spielen, liest er in den Schriften Rudolf Steiners, des Begründers der Anthroposophie, schon als Fünfzehnjähriger.

»Während andere das machten, was eben die Jugend in diesem Alter zu tun pflegt, habe ich über die Ursache des menschlichen Leides nachgedacht oder um sonst eine Weltanschauungsfrage in mir gerungen. Nicht aus Schöngeistigkeit, sondern aus innerstem Muß. Ich habe solche Fragen mit der ganzen Kraft meiner Seele durchgekämpft und viel von meiner Lebenskraft diesen Kämpfen geopfert. Ich war immer einsam. Ich hatte nie einen Freund. Ich ging stets allein.« [37]

Anthroposophie handelt von Menschenweisheit. Man könne durch geistig-seelische Übungen zur Erkenntnis von höheren Welten gelangen. Die technokratisch-materialistische Ausrichtung der abendländischen Kultur sei einseitig, man müsse das verschüttete Wissen über Seele und Geist des Menschen wieder ins Bewußtsein heben. Dafür bedürfe es steter Selbstreflexion. Man orientiere sich an Gnosis, Kabbala und indischer Philosophie.

Der junge Mann saugt diese Weisheiten – fern der Schulweisheit – in sich auf, fühlt sich Teil einer kosmischen Seelenwelt und von ihr durchflutet:

»Es gibt Augenblicke in meinem Leben, wo ich über mich selbst hinausgehoben bin; wo ich weiß, daß es außer der Welt, die ich durch mein gewöhnliches Tagesbewußtsein erlebe, noch eine andere gibt. In diesen seltenen Momenten weiß ich mit unbedingter Gewißheit von der Existenz einer solchen Welt, die ich unwillkürlich eine höhere nenne.« [38]

Vielfach begabt, aber schwankend und ohne die nötige Schaffenskraft, diese Begabungen auf realen Boden zu stellen, führt er schließlich – unterbrochen von mehreren Fluchtversuchen ins Ausland – das Architekturstudium zu Ende, was letztlich einen großen Teil seiner künstlerischen Entfaltung ermöglicht. Seine depressive Veranlagung – *ich bin in dauernder Lethargie und unfähig, irgendetwas zu machen* – läßt ihn zwischendurch tief verzweifeln, und er richtet sich auf an Lebenssätzen, die ihm im Steinerschen Sinn rettenden Halt geben: liebe, tue Gutes, und vervollkommne dich selbst!

Ab dem zwanzigsten Lebensjahr führt Heinrich Dunkl ein handschriftliches Tagebuch. Man erfährt nichts über Familienverhältnisse, Ablauf des Alltags oder konkrete Anhaltspunkte einer Karriere. Was ihm wert ist, niedergeschrieben zu werden, gilt dem Augenblick, dem Detail, der subtilen Nuance, der besonderen Geste, der voyeuristischen Betrachtung:

»Ich kann einen Menschen um einer schönen Bewegung willen so lieben, daß ich augenblicklich bereit bin, alles für ihn zu tun. ... Den Eindruck, den diese Frau blitzartig auf mich machte, kann ich nur mit dem vergleichen, was ein großes Kunstwerk auf mich bewirkt. Aber es war noch stärker und noch schöner. Ich empfand ein Gefühl von Glück und Seligkeit – obwohl diese Bewegung klein, kurz und für alle anderen wahrscheinlich nicht wahrnehmbar war.«[39]

Es ist ihm gegeben, mit Frauen zu spielen, allein durch die Aura seines Blicks, der anscheinend etwas Magisches bewirkt:

»Neulich sitzt mir gegenüber eine junge Frau. Ich hab sie wohl angesehen. Wie ich dann unbewußt mit der Hand langsam mit suchenden Fingern meine braune Ledertasche entlangfahre und sie zum Schluß fester umfasse, ist sie erzittert und bei der nächsten Haltestelle eilig ausgestiegen, obwohl sie weiterfahren wollte, und hat mich mit einem wehen Blick angesehen, als wollte sie sagen: schone mich!« [40]

34

Dieser um zwanzig Jahre ältere und um fast einen Kopf kleinere Mann zwingt Waltraud in eine Rolle, die sie bislang noch nie zu spielen gewillt war. Er leitet sie an, unterweist und verweist sie. Sie ist auf einmal die Werbende, Bittende, ja Flehende: er möge sie zur Erfüllung ihres Wesens führen, ihre Begabung erkennen, jene mit Liebe und Strenge fördern, er sei forthin ihr Herr und Meister, ihm wolle sie in allem folgen. Sie sagt es instinktsicher, ohne Spiel: »Mein Ziel ist in dir.«

Heinrich Dunkl kommt in Zugzwang. Was bisher Routine, verlangt ihm jetzt etwas Neues ab: Verantwortung, gar Entscheidung, jedenfalls genaueres Reagieren und Handeln gegenüber einer Frau, die seinem Sensorium auf eine noch nie erlebte Weise entspricht.

Der Briefwechsel zwischen Haidershofen und Steyr ist ein vorwiegend einseitiger. Verständlich – ist doch die Post an einen stadtbekannten Junggesellen unverfänglicher als umgekehrt an eine wohlbestallte Arztensgattin, wo der Briefträger schon am Absender den unbotmäßig Schreibenden erkennt und dem Gerücht gerechte Nahrung gibt.

Die Eile spontan wichtiger Mitteilungen bedarf öfters eines postillon d'amour, die in Gestalt des befreundeten »Malerpfarrers« prompt und verläßlich überbracht wird. Er ist ehemaliger Benediktinerpater und derselbe Mann, der von Waltraud in Tonis Auftrag ein Portrait anfertigt.

Waltraud hat in Heinrich ihren Lebensmenschen gefunden, nimmt das Kreuz der Ehebrecherin auf sich und ist gewillt, diesen dornigen Weg mit allen Konsequenzen zu Ende zu gehen. Sie ist auf ihn in beglückender und zugleich schmerzlicher Weise fokussiert, schenkt sich ihm ausschließlich und endgültig. Fragt nicht, ob es auch der Wille des Beschenkten sei. Sie spricht ihn an als cher aimé oder cher Henri, als geliebte Geißel/fouet aimé oder gestrengen Erzengel/archange sévère. Sie selbst läßt sich zunächst operettenhaft sein *barfüßiges Zigeunermädchen* nennen, besteht aber nach erfolglosen Aufforderungen, ihr einen adäquaten Namen zu geben, auf dem selbstgewählten, stark klingenden Namen *Solange.* Das Französische sublimiert ihre Beziehung, hebt sie über das provinzielle Umfeld hinaus.

»Daß ich Dir begegnete, muß von ganz oben gewollt sein, ich habe es sofort gewußt. Du wurdest mir als strenger Engel zugeteilt, um mich zu retten, zu lieben und zu strafen. Wenn ich liebe, tue ich es ganz, mit jeder Faser und jedem Winkel des Herzens, avec toute mon âme. Ich liebe Dich, weil Du allein mein Leben bist. Bleib es, sodaß ich es an jedem Augenblick des Tages fühlen kann. Eine tristesse besonderer Art hat so von mir Besitz ergriffen, daß meine Seele erzittert. Nimm sie cher ami in sanfte Hände, ich gebe sie nur sehr selten weg. Manchmal geht diese tristesse über in eine bittersüße Innigkeit für die Dinge des Lebens, viele Zusammenhänge erscheinen mir klar, ich bin losgelöst und erhoben. Geist und Körper sind in mir untrennbar verbunden, deshalb bin ich an Dich verloren. Mit Dir erlebe ich eine unendlich verdichtete Welt. Du bist Tod und Leben, Schwert und Kuß – und du trägst die Fahrkarte zum Unerreichbaren bei Dir. Ohne Dich ist mein ganzes Tun sinnlos vergeudet und meine Quellen sind verschüttet. Die Früchte meiner Arbeit sind wertlos, wenn ich sie Dir nicht in den Schoß legen kann. Alles was in mir ist, findet in Dir sein Echo. Alles mündet in Dir. Ich will mich seelisch und körperlich voll in Dir auflösen. Du bist das Laster meines Tagtraums, ich trinke Wein und Cognac als Schlafmittel, so schwingst Du auch im Nachttraum in mir fort. Es haben sich Momente mit Dir in mein Gedächtnis gegraben, jenseits alles Erlebbaren, mit Ewigkeit erfüllt, sehr still und nicht mehr deutbar. Du mußt mir in allem glauben, man lügt nicht, bevor man einen lebensgefährlichen Sprung wagt.« [41]

Und sie schreibt sich um ihr Leben, weil es ihr unmöglich ist, »die Dinge, die mir das Herz zerreißen, Dir ins Gesicht zu sagen oder in den Hörer zu schreien.« Versucht, den Schmerz in Poesie umzusetzen:

Der Seiltänzer

[...]
Der Sitz meiner Seele ist
an den äußersten Grenzen
des Leibs

nur mehr Krümmung
verloren an tödliche Lust

und der Ort wo die Stirn hinausragt
ist leer
Gehirn eines Sterns

die Stange klebt
ich werde es doch einmal tun
und fliegen ... [42]

Er wirft sie in allem an ihren Anfang zurück: in ihrem Äußeren, ihrem Frausein, ihrer Kreativität – und sie unterwirft sich seinem Urteil.

Er könne ihr den Vorwurf nicht ersparen, daß sie in diesem Jahr nur halbfertige Gedichte geschrieben, den gemeinsamen Anblick des Meeres nicht schriftlich festgehalten habe, bei provinziellen Faschingsveranstaltungen für mittelmäßige Unterhaltung sorge, sich um jeden Preis dem Bad in der Menge hingebe und sich mit Tabletten und Alkohol betäube.

Sie erklärt, rechtfertigt sich: die absolute Hingabe an ihn verzehre alle ihre Kräfte. Beklagt sich bitter, daß seine Kritik mitunter gnadenlos, ja grausam sei: mit einem Federstrich habe er ein Jahr ihres Lebens zunichte gemacht. Er möge jedoch weiter an ihr arbeiten, denn in diese Richtung nehme niemand Anteil an ihr. Ohne ihn würde sie einer fortschreitend inneren Verkrüppelung anheim fallen. Seine Grausamkeit treibe sie unerbittlich vorwärts – sie sei also letztlich gut.

»Zerlege mich bis auf die Knochen und verschweige mir die Wahrheit nicht. Bedenke aber, daß diese Beziehung Künstler und Werk vor der Vollendung zu keinem Ende kommen wird.« [43]

Er weist sie darauf hin, daß sich das Wunder der geistig-seelischen Vollendung nur im eigenen Ich ereignen könne: *»Geliebte, wir müssen ganz wir selbst sein, auch wenn wir unsere letzte Erfüllung ineinander und aneinander finden wollen.«* [44]

35

Es wächst der Ehrgeiz, dem überlegenen Mann *ihre* Bedingungen aufzuerlegen, ihn mit *ihren* Mitteln wehrlos zu machen. Seinem Urteil stellt sie ihr Urteil entgegen und zeichnet sein Portrait mit sicherem Strich:

»Henri wirkt äußerlich ziemlich seriös, weil er sich stilvoll kleidet und eine gewisse Lässigkeit zur Schau trägt. Er wirkt nicht bürgerlich und schon gar nicht verheiratet. Man könnte sich für ihn am ehesten eine Beschäftigung mit künstlerischen Dingen vorstellen, unter Umständen auch, daß er Kunst verkauft. Er ist eingebildet auf eine Welt – in seinen Augen eine erhabene Welt – die er sich geschaffen hat. Dies verleiht ihm eine gefestigte, überlegene Haltung, die, sofern sie sich nicht zu sehr überhebt und in Anbetracht der vielen Dummköpfe die herumlaufen, auch begründet ist. Von einem Punkt, den er einmal für richtig empfunden hat, kann er unter keinen Umständen abweichen. Er lebt bewußt allein und gefällt sich in diesem mönchischen Leben. Er verbindet die kalte Glut eines Heiligen mit der Wärme des Lebens, die sterile Extase eines Eremiten mit dem Herzblut einer Frau, ohne sich jedwede Askese abzuverlangen. Eigentlich sehr bequem und auch klug. Wenn jemand der Schönheit in jeglicher Form nachjagt, darf er nichts zum Alltag werden lassen. Nur birgt so ein Leben auch Gefahren. Man kommt in den Ruf eines Hypochonders, wird unwillkürlich egoistisch und egozentrisch. Wie ich das beurteile, ist Henri schon auf dem sicheren Weg dazu. Übrigens hält sich Henri für sehr stark, in manchen Augenblicken hat er etwas von einem Gott in irgendeinem Nebentempel. Er ist, obwohl er die tiefsten Dinge mit größter Kaltschnäuzigkeit zu sagen imstande ist, sehr gefühlvoll und bei aller Intellektualität romantisch. Für mich, die aus einer Familie stammt, in der man sich gefährlich nah an den Grenzen zwischen Leben und Tod bewegt, macht er den Eindruck, als verschließe er sich gewaltsam, selbst vor einer Geliebten, als wolle er sich nie bis zu letzter Gefahr ver-

Heinrich Dunkl um 1957

lieren. Das hat nichts damit zu tun, daß er Liebesfähigkeit und Hingabe in einem Grad der Begnadung erfahren und vermitteln kann, wie es nur wenigen gegeben ist. In seiner Lebenseinstellung ist Henri großzügig, aber irgendwo ist da auch eine gewisse Pedanterie. Vielleicht ist diese Mischung Lebenskunst. Zum Bild von Henri gehören eine große Reihe Bücher, buddhistische Figuren, die, wenn die Dämmerung kommt, einen plötzlich erschrecken, schöne Teppiche und gedämpftes Licht, das sich in schweren Vorhängen fängt. In all dem geht der ›Fürst von Steyr‹ auf und ab und sucht dem Schönen eine dauernde Form zu geben. – Ich will nicht verschweigen, daß ich eine Frau bin, die diesen Mann liebt. Dies setzt eine gewisse Verblendung voraus. Man muß daher eine Anzahl von ungenannten Untugenden noch dazu rechnen.« [45]

Alle Achtung, da habe sich sein *herzallerliebstes Solangerl* ja heftig ins Zeug gelegt! Wäre er ihr Deutschlehrer, würde er diesen *Aufsatz* mit Sehr gut bewerten – über kleinere stilistische Unebenheiten wolle er nicht beckmessern.

Heinrich wechselt im Dialog mit Waltraud bei Bedarf die Tonart: von ernst (wie es einem erziehungsberechtigten Erzengel entspricht) zu ironisch (wenn es zu ernst zu werden droht).

Sie versucht es mit Eifersucht. Erzählt ihm über ihre Begegnung mit Männern von frühester Jugend an. Sie ließ sie fast allesamt hungern: flirten war ihr Metier, Bewunderer abzuweisen ihre tägliche Fingerübung. Sie legt schriftliches Material bei. Unter anderem einen Brief vom Nachbarn M.:

»Ich sah heute im Biograph ›Die barfüßige Gräfin‹ mit Ava Gardner. Ich habe innerlich geheult wegen der Parallelität mit Ihnen: die gleiche fürstliche Erscheinung, das gleiche stolze Kopf-Hochwerfen, das gleiche Lächeln, die gleiche Figur, der gleiche Blick – und die gleichen tragischen Konflikte. Ich sah Sie anstelle der Gardner vor mir, ja, Sie hätten alles dazu gehabt: die Schönheit, den Geist, die Tiefe des Herzens und die Beweglichkeit der Sinne. ... Zum Heulen auch die Parallelität mit den Männern: alle Gyges, die den Besitz voll Stolz zeigen wollen, vor allen Augen enthüllen, so wie Ihr Mann, der Sie bildlich und seelisch nackt auszieht vor jedem Gimpel, der an Ihrem Tische sitzt. Scheußlich würdelos, diese Darbietungen. Und Sie ertragen diese feinen Kavaliere! Aber mich lassen Sie verhungern, wo ich doch mit Ihnen ein Husarenstücklein aufführen will – es dreht sich um eine Reise auf den Mond natürlich.« [46]

Sie fügt hinzu, daß M. zwar überzeichne, im Grunde genommen aber ihre Situation richtig einschätze. Sie werde sich von jenen männlichen Schmeißfliegen befreien, die sich auf ihr Bild setzten, um es bis zur Unkenntlichkeit zu verschmutzen.

Heinrich reagiert nicht. Auf diesem Niveau kommuniziert er nicht.

So dürfe er mit ihr nicht verfahren. Sie sei kein Kind, das man lobt und tadelt oder gegebenenfalls mit Liebesentzug bestraft. Sie fühle sich wie ausgesetzt auf einer menschenleeren Straße ohne Gebrauchsanweisung für verzweifelte Fälle. Oder wie Eva, die man gerade aus dem Paradies gewiesen hat.

36

Ihre Ehe ist in Auflösung begriffen, ebenso die ärztliche Praxis. Waltrauds Buchhaltung endet im Chaos: keine ordentlichen Abrechnungen, fehlende Belege für Visiten, gravierende Unstimmigkeiten in der Kontoführung. Toni verliert die Kassen. Tante Bärbl reist ab. Sie will nicht länger Zeugin dieses Unglücks sein. Alle Rettungsversuche sind vergebens, gegen Naturgewalt kann auch sie nicht an. Die Kinder, ach die Kinder! Sie würde sie am liebsten warm einpacken und im Koffer mit nach Würzburg nehmen.

Toni schwankt zwischen selbstgerechter Wut und weinerlicher Verzweiflung, versperrt Waltraud das »silberne Pferd«, auf dem sie »ritt«, »flog und stürzte«, verhängt allgemeine Ausgangssperre, droht mit Scheidung, will es noch einmal versuchen, mahnt ihre mütterlichen Pflichten ein, beschwört die Zeiten gemeinsamer Liebe.

Die Schinningers in Wels sind Auffangstation, Ersatz für etwas, was man Familie nennt.

Waltraud ist dem Zusammenbruch nahe. Alles läuft gegen sie an. Alle Schuld wird auf sie abgewälzt. Das Doppelleben in zwei extrem verschiedenen Welten ist unlebbar geworden:

»... Der dauernde Druck, der auf mir liegt, seelisch und körperlich.
Das so gänzlich andere und immer fremder Werdende meiner Umgebung züchtet in mir quälenden Widerwillen.
Meine Haarwurzeln werden zu tausend Flammen.
Ich bin in geistiger Aristokratie erzogen und wurde in ein entgegengesetztes Milieu hineingepreßt.
Ich habe das Gefühl, an etwas geschmiedet zu sein, was mich immer tiefer in Schmutz und Unwürdigkeit zieht.
Wie konnte ich es Jahr für Jahr ertragen, mich bei Begräbnissen und Wallfahrten wundzulaufen, die mit Weihrauch und Kirchenliedern verbrämt in vulgären Trinkgelagen endeten.
Mich in die Arme reißen zu lassen, auch wenn sich alles in mir sträubte.
Die Leute wissen Bescheid und starren mich an.
Ich vergrabe mich in ein dunkles Zimmer wie ein wundes Tier.
In den Augen meiner Kinder spiegelt sich die Fremde, die ich bin.
Ich fühle mich wie die falsche Mutter im ›Kaukasischen Kreidekreis‹.
Mein physischer Zustand ist wie Seidenpapier.
Ich schwimme weit draußen in einem gefährlichen Wasser.
Ich erfahre Himmel und Hölle an einem Tag.
Die Grenzen kommen immer näher auf mich zu.
Meine Liebe zu Dir ist ein Ungeheuer.
Ich verbrenne für Dich.

Ich muß weg von hier, es ist schon zu spät.
Ich werde springen oder fliegen.
Mein gnädiger Schutzengel führt mich auf einen Berg
und veranlaßt mich zu springen.
Das Seiltänzergedicht habe ich zu Ende gebracht.« [47]

Der Seiltänzer

mein Gott,
ich weiß nicht, ob der Weg
auf dem Seil dir gefällt.

noch bin ich nicht einsam
genug und mein Ruhm
ist der Jahrmarkt.

es gibt immer wieder Tore
zur Flucht, das Bett und
ein Netz.

die Stange klebt …
ich werde es doch einmal tun
und fliegen …

ich bin dein geschminkter Vogel,
o Gott,
der sich hebt

und der über Schoß und Asphalt
die Kanten deiner
Gebäude begeht. [48]

37

Die Hilferufe verhallen ungehört. Der Geliebte sagt nicht das entscheidende Wort. Der Ehemann reicht endgültig die Scheidung ein. Die Kinder bleiben bei ihm. Er wartet das Ende des Schuljahres ab.

Am 17. Mai 1958 ist der Gedanke, ihrem Leben ein Ende zu setzen, wiederholt geprobt, er muß nur noch zur Aufführung gebracht werden. Es bedarf keines Auslösers, es kommt von selbst der Augenblick, zu dem sie *jetzt* sagt. Sie schminkt und kleidet sich sorgfältig, liest mit Bedacht den Abschiedsbrief Hans Roderichs, leert eine Karaffe Rotwein und nimmt die über Wochen gesammelte Dosis Veronal wie eine selbstgespendete Kommunion zu sich.

Der Mann findet sie nach der Abendvisite in Schönheit zwischen Schlaf und Tod, wie aufgebahrt. Der Körper ist ausgekühlt, sie atmet noch. Er schlägt Alarm und veranlaßt das Nötige. Die Köchin stürzt händeringend herbei, reißt den achtjährigen Hans aus dem Schlaf.

Der Bub, in seiner unbestimmten Angst, bahnt sich den Weg durch das Gewirr der Stimmen, weist pfadfinderisch-beflissen die Sanitäter in Richtung Schlafzimmer, findet die leeren Schachteln der Schlaftabletten im Kachelofen und ist stolz auf die Wichtigkeit seiner Rolle in dem dramatischen Geschehen.

Die zwölfjährige Waltraud erfährt nichts von alledem. Es wird darüber nicht gesprochen, auch später nicht. Nur hinter vorgehaltener Tantenhand meint sie das Wort

Spital herauszuhören: ein kaltes, spitzes Wort, das weh tut.

Am Tag der Firmung sind die Eltern nicht dabei. Der Linzer Dom faßt kaum die Riesenzahl der Firmlinge. Das Mädchen greift nach der Hand der Patin und fühlt sich mutterseelenallein.

Zuhause bricht dann ein Stück Kindheit weg.

Der Vater führt seine Tochter in den Salon, als ob sie auf Besuch gekommen wäre. Dort teilt ihr die Welser Tante mit, daß die Mutter nicht mehr hier sei, weil sie jetzt zu einem anderen gehöre, worauf der Vater haltlos zu weinen beginnt. Und das Mädchen möchte sich – wie damals ihre Mutter – »auf den Boden werfen und wie ein Hund in die Nacht heulen.« Nach außen hin hat es die Arme angelegt, bleibt stumm und ausdruckslos.

Zu Schulschluß ist die Scheidung vollzogen. Zu Schulbeginn ist der Vater wieder verheiratet.

Die Stiefmutter – eine junge Lehrerin – ist mütterlich bemüht. Eine andere Welt wird aufgebaut, eine geordnete, pflichtbewußte Welt. Die Kinder merken, *daß sich das Leben fortan anders begibt.* [49]

38

Heinrich:

»Als ich von Dir ging, war ich in einer seltsam verzauberten Verfassung. Wie Du – mir und der Welt zurückgegeben – so vor mir lagst, warst du sehr schön, es war als seiest nur Du da und die ganze Welt Dein Hintergrund. Beglückt und dankbar, daß es Dich gibt, begab ich mich in die Michaelerkirche, habe Gott gedankt und unser beider Schutzengel angefleht, sie mögen mir die Kraft geben, Dich zu Deiner Vollendung zu führen und Dich glücklich zu machen. In dem Ziel, das Du in mich legst, bist du mir als die naturhaft Stärkere voraus, ich komme erst nach. Unser Ja zueinander gibt uns innere Freiheit, aber wir müssen sie auch ertragen. Meine Liebe wächst und ich wende mich Dir zu.« [50]

Waltraud:

»Ich verlasse die engen Gesetze inhaltsloser Bürgerlichkeit, die mir ›Frieden‹ und ›Existenz‹ verbürgen würden und sage ja zu einem neuen, herbeigesehnten Schicksal – nur tue ich es nicht als Opferlamm. Ich bin ein Partner, mit dem Du rechnen mußt. Es genügt nicht, daß Du mich in Dein philosophisches Lebensgebäude einbaust. Ich will mehr, wahrscheinlich alles. Es ist nicht leicht, so zu sein wie ich bin. Ich bin weder gütig noch gutmütig, doch ich glaube, ich bin gut. Ich werde arbeiten, um das zu werden, was ich sein kann. Bin ich sündig? Wenn ja, dann büße ich mit allen Qualen, die diese Liebe mir auferlegt: geliebte, gesegnete Qual.

Hilf mir, über die Trennung von den Kindern hinwegzukommen. Hilf mir, ein Verhältnis zu schaffen, das mir ihre Liebe bewahrt. Die Berechtigung für das Glück mit Dir, daß ich mit dem Unglück anderer erkaufen mußte, liegt in unserer künftigen Handlungsweise. Wir haben noch viel zu tun – beide.« [51]

DIPL. ING. HEINRICH DUNKL
ZIVILARCHITEKT

WALTRAUD BARBARA DOROTHEA DUNKL
GEB. SCHOTTENLOHER

GEBEN IHRE VERMÄHLUNG BEKANNT.

STEYR, IM OKTOBER 1958
DUNKLHOF

»Ich bin dein geschminkter Vogel«

DORA DUNKL

der Dunklhof

39

Von der Affaire zur legalen Verbindung. Keine Lügen, keine heimliche Post, kein Hintereingang, keine Tarnkappe mehr.

Sie verkürzt ihren dritten Vornamen zu Dora, verleiht ihm in der Verbindung mit dem Namen Dunkl den besonderen Klang des Künstlernamens und schafft sich somit eine neue Identiät.

Angekommen in ihrem Lebenshaus, ist sie von der Schönheit des Dunklhofs [52] »wie von einem Liebesblitz« getroffen.

»Ich hatte das Glück, im schönsten Arkadenhof Steyrs ansässig zu werden, und schreibe diese Zeilen, eine Balkendecke über mir, die im Verlauf von 500 Jahren ein dunkles, goldenes Braun angenommen hat. Die Kanten der Fensterlaibungen wellen sich, sind lebendig wie die Wände, Jahrhunderte haben Schicht auf Schicht gelegt, und alles ist noch wie es war, im Hof die Steinsäulen, liebevoll behauen, Ornamente voller Phantasie, starke Pfeiler, zierliche Säulen, steile Dächer, wilder Wein, der durch die Fenstergitter ins Haus greift und in dem sommers die Spatzen schlafen …« [53]

Sie fühlt sich Haus und Hof als geistige Herrin gewachsen, diese Räume sind ihr ebenbürtig, bedeuten Herausforderung und Verantwortung. Und sie macht sich ans Erkunden. Ungestüm, wie es ihre Art ist. Begeht weit ausholend die Anlage des Hofes, verschafft sich einen

Überblick über Haupt- und Nebentrakte, durchstürmt das alte Gemäuer vom Keller bis zum Dach. Gelangt über den breiten Balken des mächtigen Dachstuhls über einen schmalen Ausstieg hinaus zum terassenförmig ansteigenden Garten mit den efeubewachsenen Bäumen und Beeten bis zur Anhöhe des Tabors. Sie hält inne: der Garten erinnert sie an den wildwüchsigen Märchengarten ihrer Kindheit. Der Rest eines Stadtbefestigungsturmes und eine hundertjährige Schildkröte passen in das verwunschene Dekor. Ab jetzt ist es *ihr Garten*, ihr Refugium, ihr imaginäres ›Land, wo die Zitronen blühn‹.

Heinrichs Mutter, Schwester und Nichte bewohnen das Obergeschoß des Vorderhauses Kirchengasse 16: die breite Front über dem großen Einfahrtstor, den Geschäftsportalen und der Apotheke zum Hl. Geist. Ihr Leben verläuft in ruhigen und beherrschten Bahnen. Die Kontakte mit Heinrich haben den Charakter freundlicher Pflichtbesuche. Mit Dora bricht eine ungewohnte Lautheit ein und der Versuch der ausgestreckten Hand. Die jedoch so andere, zupackende Art bewirkt Zurückhaltung. Hinzu kommt, daß dem Sohn und Bruder eine andere Dame zugedacht war, eine langjährige Begleiterin der Familie Dunkl und in allem das glatte Gegenteil dieser in ihren Augen ganz und gar nicht zu Heinrich passenden Frau. Er hätte sie nicht gleich heiraten müssen, zumindest nicht so übereilt.

Dora haust sich ein. Soweit es die Dunklsche Einsiedelei zuläßt. Beherrschend ist der von ihr beschriebene mittelalterliche Saal, einst Sitz der niederen Gerichtsbarkeit. Es ist der große, offizielle Raum mit der schweren Balkendecke, dem gewachsten Lärchenboden, den weißgetünchten Wänden, den dunklen Möbeln, dem mächtigen Kachelofen. In der Mitte ein massiver Tisch, an einer Wand die langgestreckte Bibliothek, gegenüber der Zeichentisch des Architekten mit dem Reißbrett. Hier wird gearbeitet und empfangen.

Sie zwängt sich in die Nischen der sonst eher kleinräumigen gotischen Gemächer. Der Vorraum zur Küche wird ihr Schlafraum, im ausgebauten Dachboden richtet sie sich eine Schreibstube ein und schafft Platz für ihre Garderobe. Die Küche ist der allerkleinste Raum. Eine Art Studio mit dem nötigsten Überlebensinventar für einen Junggesellen: eine Kochplatte, ein Toaster, ein kleiner Griller. Der einzige Wandschrank ist gefüllt mit Gläsern jeder Art für jede Menge harter Alkoholika. Daran wird sie nichts ändern. Dora kocht nicht im eigentlich hausfraulichen Sinn. Kochen ist für sie ein lyrischer Akt, der als solcher sinnlich erfaßt und einverleibt werden soll. Oliven in kalt gepreßtem, mit südlichen Kräutern versehenen Olivenöl mariniert, können als Mahl gelten. Dazu erlesener Rotwein in einem ebenso erlesenen Glas auf ovalem Silbertablett serviert. Oder ein Glas Cognac mit Kiwi. Knabbergebäck ist asiatisch und glänzend. Einmal kreiert sie für Heinrich eine Forelle à la crème: im Gegenzug kniet er vor ihr nieder.

Auch er liebt das Rollenspiel. In unausgesprochener Übereinkunft wird das gemeinsame Leben zelebriert und inszeniert. Schönheit und Ästhetik spielen die Hauptrollen: sie verkörpern ersten Lebenssinn.

40

Letztlich gehört alles zum Kunstwerk. Nichts ist dem Zufall überlassen, kein Zweig wächst an der falschen Stelle. Heinrich überwacht den Wuchs des Efeus und des wilden Weins gemäß seinem Wunschbild von gepflegter Wildnis. Im Hof gestaltet er den kleinsten Winkel, auch da soll das Bemühen nicht sichtbar sein. Die Schlichtheit des gotischen Ensembles wird nicht durch barocken Blumenschmuck bedrängt. Die lichte Birke mit der niederen Steinbank verträgt gerade ein paar rote Pelargonien als Akzent. Bei leichtem Regen werden die Wagen nicht mehr aus der Garage gefahren, um den Rasen nicht zu beschädigen. Besucher und Freunde werden angehalten, die gepflasterten Wege zu benützen. In den Wohnräumen stehen die Möbel auf ihrem ausgewogenen Platz und in harmonischem Abstand zueinander: wie ausgependelt nach dem goldenen Schnitt. Sie dürfen nicht verrückt werden. Wandteppiche als Pendant oder Kontrast zu einem Bild. Bücher werden nach rein optischen Kriterien eingeordnet: beginnend mit den größten, werden sie gegen die Mitte des Faches zu immer kleiner und gewinnen gegen Ende wieder an Höhe – die Autoren stehen durcheinander, ebenso die Sachgebiete und Jahrhunderte. Dora übernimmt das Schema: sie ordnet die Lippenstifte nach der Größe, auch die Colliers, Flakons und Cremen. Sie unterwirft sich freiwillig diesem pedantischen Reglement, es hilft zur Disziplinierung ihrer Natur.

Dora Dunkl findet ihren Stil

Doras Wunschvorstellung, Künstlerin und zugleich Kunstwerk ihres Mannes zu sein, erfüllt sich ohne besonderes Zutun, die Symbiose wird von beiden angestrebt.

Heinrich als der geschmacklich Sichere entwirft seine Frau. Um sein Modell in jedem Detail zu erforschen, um über ihre Formen, Linien und Maße gleichsam auswendig verfügen zu können, fotografiert er sie aus jeder Perspektive und archiviert sie in leinengebundenen Alben: ungezählte Aktfotos in Schwarzweiß. Farben würden von der Geometrie des Körpers ablenken. Er begleitet sie zum Schneider. Die Stoffe stammen aus seinem Fundus von Dekor- und Möbelstoffen, mit welchen er Banken und Restaurants ausstattet. Er bestimmt den Schnitt, erfindet den Stil, der Dora in ihrer Eigenart bestätigt und unterstreicht: lange Kleider, die Taille eng umspannend, mit großem runden Ausschnitt. Komplets mit über die Schulter ausladenden Kragen. Die gegenläufige Verarbeitung der mit großen Blumenmustern bedruckten Stoffe bewirkt die beabsichtigte Extravaganz. Lauter Unikate. Im Winter verfertigt eine Strickerin zusätzlich Wollensembles im selben Schnitt und in gedeckten Farben: mauve, olivegrün, schwarz. Die breiten Gürtel ihrer Jugend werden zum Körperteil. Das kurz geschnittene schwarze Haar ist aus der Stirn gekämmt, schmiegt sich eng an den Kopf – wie ihre Kleidung.

Heinrich gibt ihr formale und inhaltliche Vorgaben beim Schreiben, sperrt sie – halb Scherz halb Ernst – in ihre »Schreibkammer«, belohnt sie nach dem vereinbarten Pensum mit Campari Soda. Er redigiert ihre Texte allgemein und am konkreten Beispiel. Es ist ihr recht.

Müssen in dem Gedicht »Rom«[54] am Schluß die Pinien stehen?

Ja, wegen des Schattens über der Stadt.

Geben diese armseligen und düsteren Bäume wirklich

soviel Schatten, daß man von »ewigen Schatten« sprechen kann?
Es ist auch wegen der Melancholie …
Jetzt rutschst Du aber in das Genre des bebilderten Reiseprospekts!

Er bemängelt den frühen Sonettenkranz »Krug der Engel«. [55]

das selbstgezeichnete Deckblatt des Sonettenkranzes

Erstens: ob grober Reimfehler. Wie könne man denn »Vasen auf vergaßen«, »Härten« auf »verzerrten« oder »durchdringt auf blinkt« reimen lassen?

Zweitens: ob epigonal-expressionistischer Passagen, wie » ... ob tausend Kriege auch die Welt verheeren, du flatterst Liebe, blutgetränkt, im Wind, ... und aus dem Schutt gebärest du dein Kind.« Und ob der »weißen Rehe, die im Mondenlicht auf stillen Silberhängen grasen« – das sei schlichtweg lyrische Dreigroschenbeleuchtung.

Drittens: ob der zuweilen goethesch-belehrenden Altersweisheit in der Art von ›wer immer strebend sich bemüht, den können wir erlösen‹. Nur war Goethe eben Goethe, war wirklich alt und habe es eben besser gekonnt. Und er zitiert aus ihrem XIII. Sonett: »Wer Sündern keinen Platz mehr eingeräumt, bei noch so später Heimkehr, gibt Beweis für größre Schuld.«

Das Ganze könne man als Jugendsünde gelten lassen. Die Bleistiftzeichnung auf dem Deckblatt sei recht hübsch, sie habe da eine Begabung: ob sie je daran gedacht, das Zeichnen sich als zweites Standbein einzurichten?

Dora ist wütend: Heinrich ist zu weit gegangen.

Dennoch, er bleibt dabei: sich zum Wesentlichen verknappen, keine entbehrliche Redundanz, keine gelehrten Aperçus, keine eitlen Metaphern, kein epigonales Verseschmieden, sich parallel in der Prosa versuchen.

41

Als Gast des Österreichischen Schriftstellerverbandes in Linz begegnet Dora Dunkl dem Autor und Dramaturgen Kurt Klinger. Sie erlebt diesen jungen Dichter als Interpreten seiner Lyrik, als Regisseur seiner Stücke und als regen Diskussionspartner. Der Stiasny Verlag in Graz gibt seine Arbeiten heraus und sucht einen Verfasser für das Vorwort. Man denkt an einen längeren Essay, der über die Besprechung Klingers hinaus die Befindlichkeit moderner Gegenwartsliteratur orten und erörtern soll.

Dora Dunkl nimmt die Herausforderung an. Sie fühlt sich aufgerufen, etwas zu erkunden, worauf sie selbst eine Antwort sucht, sich in theoretisches Neuland zu begeben, um als Sensor und Sprachrohr ihrer Generation etwas zu formulieren, worüber man sich als gemeinsamen Nenner verständigen könnte.

Befangen vom wissenschaftlichen Anspruch dieser Aufgabe, beginnt der Essay »Kurt Klinger, ein junger Dichter unserer Zeit« [56] in der braven Diktion einer germanistischen Seminararbeit und zeigt die Belesenheit der damals 34-jährigen. Sie erwähnt und zitiert u.a. Celan, Rilke, Hofmannsthal, Weinheber, Benn, – fühlt sich insbesondere den französischen Symbolisten, wie Rimbaud und Mallarmé verbunden. Sie löst sich aber bald vor der eigenen Ehrfurcht, um sehr unmittelbar nach dem Wesen und dem Sinn dichterischer Existenz zu fragen:

Welches Ziel verfolge ich mit meinem Schreiben? Welche Geisteshaltung vertrete ich? Welche religiösen oder philosophischen Vorstellungen verhelfen mir zu meiner Weltanschauung? Können oder wollen Dichter die Welt ändern oder beeinflussen? Kann der Dichter dem Menschen helfen bei der Flucht vor sich selbst? Ist die Kluft zwischen den einzelnen Menschen eine Grundbefindlichkeit oder ein Phänomen unserer Zeit? Worin besteht die Freiheit des Dichters? Ist der Dichter von Natur aus einsam? Wo stehe ich und wohin will ich weiter gehen?

Der gemeinsame Nenner der Antworten für Dora Dunkl, Kurt Klinger und ihre Zeitgenossen findet sich in der Philosophie des Existentialismus: in den Grunderfahrungen von existentieller Angst, Tod, Scheitern, Ekel, Nichts, Absurdität, von Geworfensein in die Welt. Der Mensch ist nach Sartre nicht nur, was er ist, sondern was er selbst aus sich macht. Er sei in seinem Sein zur Freiheit verurteilt – auf sich allein gestellt gezwungen, aus der Freiheit heraus sein Leben zu entwerfen.

Dora hat diese Freiheit auf sich genommen und will sie mit Heinrichs Worten auch ertragen. Gibt es echte Freiheit? Oder geht es nur um Befreiung aus immer neuen Zwangssituationen? Kann man sich von der Vergangenheit befreien? Greift sie nicht unerbittlich in die Gegenwart und nach der Zukunft? Ist Freiheit eine Illusion?

Der Essay über Kurt Klinger wird zum persönlichen Credo:

» … Dieses ›nur sein‹ ist eines der schwersten Dinge, die der Mensch unternehmen kann und wird für den

Künstler fast unerträglich. Denn es heißt: die eigenen Möglichkeiten erfüllen. In dem anscheinend Passiven wird der ganze Bereich des Menschenmöglichen zur strengen Forderung, die gleichsam ein flammender, schrecklicher Engel verfolgt, quält und beim Versagen vernichtet. ...

Existentialismus ist Daseinszustand, kein Schlagwort der Zeit, auch keine Lehre vom Leben, [...] aber die gesammelte Problematik aller Einzelnen und das immer neue Erfahrenmüssen des leidvollen Menschentums durch den Einzelnen. [...] Existentialismus beruht in dem Satz, daß wir selber unser Schicksal sind [...] Es ist eine Einstellung, die das Leben nicht erleichtert, sondern erschwert, da es jeden für seine Handlungsweise so sehr verantwortlich macht, daß ihm keinerlei Ausflüchte gelingen. Denn ohne den Rückhalt religiöser Grenzziehung [...] gleichsam ohne zuständiges Schiedsgericht im immerwährenden Kampf ist er [der Mensch] nur auf sein eigenes Vermögen, recht zu tun, angewiesen.

Der Schrei aus dem Existentialismus ist der Notruf aus dem Leben selbst, der ausgestoßen wird, seit es Menschen gibt, nur heute lauter denn je in die Ohren gellt, um die anzuschreien, die immer noch schlafen, daß sie begreifen, wie gefährlich und verbrecherisch ihre Lauheit ist. ...

Wenn etwas die Lauheit zu durchstoßen imstande ist, dann am ehesten die Sprache des Existentialismus, die sich keineswegs verstümmelt, verzerrt oder in krassen Neuschöpfungen darbieten muß, sondern die aus jeder Umhüllung zu uns dringen kann. Die neue Sprache dient dem Verlangen, sich deutlicher zu machen (nicht im Gegenständlichen), gleichsam die Wesenheit eines Hauses zu zeigen, nicht das Haus. …

Es gehört zum Wesen der Lyrik, ins Herz der Dinge zu stoßen, die Seele erzittern zu machen, sie hinzuführen ins Unbekannte, um sie von ihren Grenzen zu lösen. …

Die Sucht, der wahrsten Wahrheit nachzuspüren, macht einsam. Nicht nur deshalb, weil sie auf Ablehnung stößt, sondern vor allem, weil sie durch sich selbst so wirkt, daß der, welcher sie erleidet, mitten im Weltraum in einer kleinen, kristallenen Kammer schwebt, durch deren Wände das vielfältige Geschehen des Lebens so gebrochen wird, daß alles, ohne Vermengung und Lüge, zerlegt in die Grundfarben der Schöpfung, zu ihm dringt. …

Im Ringen des Dichters um das ehrlichste Aufzeigen wird die Macht des Sagenwollens so stark, daß die äußere Form dünn wird, wie Seidenpapier, durch welches das nackte Skelett des aufgerissenen Innern sichtbar wird. …

Die Inhalte der letzten Wahrheit sind als Erlebnis nicht mitteilbar. …

Der Dichter muß, mehr als jeder andere Mensch, aus dem Anliegen seines Lebens heraus, Gott suchen. Gott schweigt dem, der das Wunder erzwingen will. Er schweigt dem Rufen, das Antwort erheischt, um sich selbst zu beruhigen. Mancher verliert im Suchen auch das Suchen und es bleibt nichts. Er nimmt das Schweigen Gottes als Beweis für seine Nichtexistenz. Wem Gott schweigt, dem schweigt er, und wer ihn erfahren durfte, kann diese Sicherheit nicht weitergeben …«

42

Dora ist über sich hinausgewachsen. Heinrich zollt ihr seine Anerkennung in Form eines Schlüsselanhängers mit den eingravierten Zeichen: D.D.D.D.D.D. Der entschlüsselte Code lautet: Dora Dunkl, Denkende Dichterin mit Dekorativem Dekolleté.

Ein ironischer, scheinbar oberflächlicher Konversationston wird kultiviert und in snobistische Höhen getrieben. Sie kommunizieren mit Vorliebe schriftlich. Spontane Mitteilungen werden auf kleine Zettel notiert und in der Wohnung verstreut: Bedeutendes, Banales, Randbemerkungen – was eben gerade durch Kopf und Seele geht:

> Ich bin das Riesenrad, nicht irgendein Rädchen im Getriebe.
> (Dora, Samstag, 20h 32)
>
> *Vorsicht! Ein übler Bursche, mit geistigem Schlagobers verbrämt.*
> *(Heinrich, heute, 18h 11)*
>
> Das Volant geht heute an mich: es gibt mir das Gefühl von Macht über die Technik.
> (Dora, vor dem Aperitif)
>
> Ja, Du darfst von nun an alle Gläser selber polieren.
> P.S. Campari Soda bitte eisgekühlt und mit Zitronenschale!
> (Dora, verärgert)

Die Haltung allein entscheidet.
(Heinrich, ohne Datum)

Du bist mir alles: mein Geliebter,
meine Mutter, mein Vater, meine Kinder
mein Dämon, mein Glück,
meine Verse, meine Spiele,
meine Trunkenheit und mein Maß.
(Dora, nach dem Erwachen)

Plötzlich der Gedanke – oder die Erkenntnis – daß es eine letzte, klare, vollgültige Aussage über das menschliche Leben sei: ›Vita somnium breve est.‹
(Heinrich, soeben)

Eine Ehe, in der die beiden Liebenden sich so begegnen, als ob sich in ihren Händen die Welt runde …
(Dora, nach dem ersten Jahr)

Sie führen Tagebuch als Doppelconférence:

6. Jänner 1959
Beim Nachmittagskaffee mit R. und M. Dora sempre parlante, parlante …
Das heißt: Ich rettete die Situation!

2. Februar 1959
Gestern Abend großes chinesisches Dinner mit Ehepaar Dr. W. und Botschafter Dr. Th. Viel Erfolg mit den Stäbchen, dem Goldpullover und dem schwingen-

den Rock. Mein lieber Heinrich genoß die Atmosphäre des Raumes ...
Dein lieber Heinrich hat die Rohre im Heizraum bandagiert und den ganzen Tag geheizt, damit im Atelier eine erträgliche Temperatur entstand ...

19. Februar 1959
Ich habe Heinrich ins Kino getrieben: »Rocco und seine Brüder«. 10 Minuten vor Schluß zerrte er mich aus dem Saal: der letzte Boxkampf und der letzte Mord sind mir entgangen!
Was für einen rücksichtsvollen und geduldigen Ehemann Du hast. Wäre es nach mir gegangen, hätte ich dieses Boxer-, Zuhälter- und Hurenmilieu schon 10 Minuten nach Beginn verlassen.
Du hast wohl Claudia Cardinale zuliebe etwas länger ausgeharrt.

43

Exklusive Zweisamkeit und elitäres Ambiente. Sonnenbäder und Höhensonne verbürgen nahtlose Bräune. Einmal wöchentlich kommt die Masseuse, Dessous und Schmuckstücke werden zur Ansicht ins Haus geliefert, das Morgengebäck hängt an der schmiedeeisernen Gittertür, die Schildkröte Jaromir wird mit frischen Tomaten gefüttert. Die mit barockem Stuck verzierte Garage ist mit einem weißen Alfa und einem schwarzen Jaguar bestückt. Jede Ausfahrt ist ein Manöver, der

Verkehr der Kirchengasse muß gestoppt werden. Es ist Mittag, wenn das ungleiche Paar aus dem Hof tritt. Die auffallend schöne Frau mit großem Hut geht zielsicher voraus, der elegante ältere Herr zwei Schritte hinter ihr. Er scheint es zu genießen, wenn man sich nach ihr umdreht und sich vielleicht fragt, ob diese Frau zu ihm gehört. Der tägliche Gang der beiden über Zwischenbrücken zum Hotel Minichmayr gehört zum Stadtbild. Sie führen der mittelalterlichen Kleinstadt etwas vor, was man Lifestyle nennt.

Dora sucht verstärkt den öffentlichen Auftritt und hält Ausschau nach der geeigneten Bühne. In ihren Augen liegt sie vor der Haustür. Sie sähe den Hof als naturhaftes Bühnenbild für jedes Spiel. Der Holunderbaum links am Eingang wäre romantische Kulisse für das ›Käthchen von Heilbronn‹. Sie denkt an ›Hamlet‹, ›Faust‹ und ›Jedermann‹: die Tischgesellschaft um den Stein, vom Tabor her erschallt der Todesruf. Heinrich bremst ihren Tatendrang entschieden, er hält nichts von Theaterluft und Jahrmarktstreiben in seinen Mauern.

Es seien tote Mauern, wenn man sie nicht belebt.

Spürt sie nicht den lebendigen Atem der Geschichte?

Sie wolle ihren eigenen Atem spüren.

» ... Du weißt mein Geliebter, daß ich mich ausgießen möchte an die Welt, das Leben, an Himmel und Hölle, mich durch diese Hingabe erfüllend, als Mensch, im Sinn der Schöpfung, Blatt mit dem Wind fliegend und zugleich der Wind, ein Vogel, dessen Lust am Leben so groß ist, daß seine Stimme ihn weit übersteigt ...« [57]

Heinrich kennt diese ihre Sprache, die ihn so anrührt, daß er nicht gegen sie entscheiden kann.

Sie möge ihre Hochgestimmtheit auf ein realistisches Maß herunterstimmen, sich mit den tatsächlichen Gegebenheiten auseinandersetzen, im übrigen über den Hof und ihren sehr ergebenen Hofdiener nach Gutdünken verfügen.

Wie dankbar sie ihm sei. Sie arbeite bereits an einem »maßvollen« Projekt, an welchem auch er Gefallen finden werde. Sie denke an eine sommernächtliche Veranstaltung – einmal im Jahr.

Schon gut. Verboten seien jedenfalls Girlanden und Lampions, Lärm oder gar Geschrei.

44

EINLADUNG

Frau Dora D u n k l (Rezitation) und das Streichquartett Hans F r ö h l i c h erlauben sich, Sie, sowie Ihre verehrten Verwandten und Bekannten zu der am Mittwoch, den 29. 7. 1959 um 20 Uhr stattfindenden

ABENDMUSIK IM DUNKLHOF

herzlich einzuladen.
Zur Aufführung gelangen Werke von H a y d n, B e e t h o v e n, B o r o d i n und M e n d e l s s o h n.
Eintritt frei.

Bei schlechtem Wetter findet die Veranstaltung am Freitag, den 31. 7. 1959 zur selben Zeit, am selben Ort statt.

hochachtungsvoll!
die Ausführenden

Seltsam holprig und hausbacken liest sich diese Einladung an die kulturinteressierten Steyrer Bürger. In biederer Bescheidenheit, sich vorsichtig vortastend an ein unbekanntes Publikum, welches es heranzuziehen gilt. Es nicht überfordern oder mit der Moderne verschrekken. Es mit klassischer Musik unterhalten und zwischendurch klassische Lyrik vortragen (in Klammer), probeweise ein eigenes Poem einstreuen, als Draufgabe sozusagen.

Das konservative Konzept ist ein bewußtes Zugeständnis an die Möglichkeiten in einer Stadt, deren kulturelles Angebot sich in Gastspielen des Linzer Landestheaters, Aufführungen der Musikschule, Heimatabenden und Diavorträgen erschöpft.

Die Premiere hat den improvisierten Charakter eines Hauskonzertes, man erfährt vom Ereignis durch Mundpropaganda, die Nachbarn helfen mit Stühlen aus, es heißt, man solle Kerzen mitbringen. Die zweite Einladung, am 13. Juni 1960, erfolgt gemeinsam mit dem Kulturamt der Stadt, ist professionell gestaltet, heißt fortan SERENADENABEND und wird zur Tradition. Die Rezitation befreit sich aus der Klammer: Goethe, Weinheber, Carossa und Dunkl im Wechsel mit Mozart, Mendelssohn, Schubert und Brahms. Vom ersten Abend an macht Dora den Dunklhof zu ihrer persönlichen Bühne und die Steyrer zu ihrem Forum. Besucher und Kritiker schwärmen gleichermaßen vom besonderen Ort und der besonderen Frau. Von der weltentrückten Atmosphäre des Arkadenhofes – wie auf einer Insel, vom geglückten Bogen zwischen Musik und Sprache, Gotik und Gegenwart:

»... Der Saal, in dem wir sitzen, hat den Himmel zur Decke. Es ist ein sommerlicher Abendhimmel, der sich soeben zu besternen beginnt. ... Im Hof ist es schon fast dunkel, doch in den Fenstern brennen Kerzen, in den Arkaden flammen Fackeln, auf die Noten der Musiker fällt mildes

Licht. ... Die Zuhörer sitzen im Halbkreis um die Birke, die Musiker zwischen Birke und Haustor, neben ihnen hat eine Frau Platz genommen, an ihr bleiben die Blicke hängen. ...« [58]

Sie liest – oder spricht auswendig – sehr bekannte Gedichte, die man wie vertraute Märchen in kindlicher Erinnerung mitspricht und mitempfindet: Goethes ›Heidenröslein‹ oder ›Der Mond ist aufgegangen‹ von Matthias Claudius. Es gelingt ihr, daß man das Wohlbekannte neu erlebt und den eigentlichen Sinn zum ersten Mal begreift. Sie macht das Große einfach.

Serenade im Dunklhof: am Beginn

Ihre tragende, wohlmodulierte Stimme hat einen metallenen Klang, der das Echo miteinschließt. Sie spricht in feierlich eindringlichem Ton und ist der Poesie ganz hingegeben. Sie kann auch Leises sagen. Sie vermittelt Lyrik als ihre existentielle Grundhaltung in einer Welt des äußeren Fortschritts, der sie als Gegenwehr den »Weltinnenraum« entgegenstellt:

Anrufung

Gnade, o Schönheit!
Über unserm zitternden Schlaf enthülle noch
nicht deine Augen.
Krater und Gletscher, Wüsten, Meere und alle
Landschaft des Erdballs
spiegeln sich dort und dahinter die tödliche Grenze.
Wir aber, Furchtbare,
liegen noch schläfrig in bunten Zelten, ohne die
Kraft und den Mut
dich zu ertragen.
Doch wenn wir gekrochen kommen auf
blutigen Knien,
salzverkrustet das erhobene Antlitz vom bitteren
Wasser der Freiheit,
deinen Geschmack schon auf singenden Lippen –
dann
öffne die Lider. [59]

Dora Dunkls Serenadenabende haben etwas Authentisches und prägen das Steyrer Kulturleben bis zu ihrem Tod.

45

Ihr Lebensstil gibt Anlaß zu Klatsch und Vermutung. Es wird gemunkelt und spricht sich herum: diese Frau hat Mann und Kinder verlassen. Und warum? Um mit offenem Cabrio den Stadtplatz zu umrunden? Um sich als selbsternannte Dichterin in Szene zu setzen? Der Preis scheint zu hoch, das harte Urteil fällt kraft selbstgepachteter Moral: Luxusweibchen und Rabenmutter.

Es wurde vereinbart, ein Jahr die Kinder nicht zu sehen. Nach abgelaufener Frist wird eine Form gesucht, die Ambivalenz der beiden Welten zu überbrücken. Der zehnjährige Hans ist Schüler des Bundesrealgymnasiums am Michaelerplatz. Einmal wöchentlich – bis zur Matura – ist er im Dunklhof zum Mittagstisch geladen.

»... Wenn ich am Nachmittag Zeichenunterricht hatte, hat meine Mutter für Heinrich und mich gekocht. Vielleicht tat sie es, weil sie meinte, es gehört sich so. Sie hat sich da sehr bemüht. Es gab abwechselnd drei Gerichte: einen chinesischen Reistopf mit viel Curry und Mandeln (den mochte ich), Polenta mit Saucefleisch (das mochte Heinrich) und Milchreis (den mochten wir beide). Es gab immer ein Glas Wein dazu. Wollte Dora ein zweites Glas, mußte sie Heinrich darum bitten. Er hatte den Wein versperrt aufbewahrt. Wenn er ihr den Schlüssel gab, war das ein formeller Akt. Heinrich mochte diese Essen, er mochte das Hausmännische. Er war immer zufrieden, hat nie eine Kritik angebracht – auch nicht, wenn der Reis zu patzig

war – denn Kritik hat meine Mutter null vertragen. Er war sehr charmant, hat sich aber auch über sie lustig gemacht: so sagte er ›jawohl! Herr General‹, wenn sie ihn um irgendetwas bat. Nach dem Essen plauderten wir noch zehn Minuten, dann zog sich Heinrich zurück. Dora trank mit mir im Atelier einen Türkischen, – wie mit einem Erwachsenen – und rauchte eine Flirt; sie inhalierte nicht, rauchte nur gesellschaftsmäßig. Sie war eher tablettensüchtig, hatte häufig Kopfweh. – Meine Mutter sprach nie negativ über meinen Vater. Mein Vater umgekehrt auch nicht. Sie haben uns nie gegeneinander ausgespielt. Das Schwierige für mich war das ganz andere Leben meiner Mutter im Dunklhof. Das Wechselbad der Gefühle einmal in der Woche: das irdische Leben daheim und das abgehobene bei ihr. Aus dem Gymnasium h e r a u s, in den Hof h i n e i n, die Mutter erscheint und liest ein Gedicht: die fremdem Worte aus ihrem Mund schüchtern mich ein und machen mich verlegen. Sie fragt mich, ob ich das Gedicht g u t finde, nicht w i e ich es finde. Sie erzählt mir, was sie macht, fragt mich nicht nach meinem Leben, nur hie und da eine Pflichtabfrage nach den Noten. Sie fährt mir mit dem Kamm durchs Haar, richtet den Mantelkragen und kauft mir die erste Krawatte. – Von Steyr nach Haidershofen fuhr ich mit dem Zug. Den Weg zum Bahnhof und die Bahnfahrt brauchte ich, um mich auf meine eigentliche Welt umzustellen. – Weder als Gymnasiast noch später hatte ich je ein Fünkchen Ressentiment gegen meine Mutter, nie dieses Böse-Mutter-armes-Kind-Gefühl; kann sein, weil mein Vater die Mutterrolle übernommen hat. Dora war mir nie wirklich als Mutter gegenwärtig, viel-

mehr als eine Frau, die wunderlicherweise zu mir gehörte und die ich scheu bewunderte. ...«[60]

Waltraud besucht dieselbe Schule wie Hans. Es fällt ihr schwerer als ihrem Bruder, den Dunklhof zu betreten. Sie ist im pubertären Widerstand. Die wenigen Male, die sie auf Besuch kommt, hält sie den Atem an: vor der Kühle des Hauses, die sie an die Klosterschule erinnert, vor der steilen Stiege, dem schweren Glockenzug, dem schwarzen schmiedeeisernen Gestänge und schließlich vor Heinrich, der sich als erster im Türrahmen zeigt und ihr liebenswürdig mitteilt, daß Dora gleich kommen werde. Und wenn die Mutter dann kommt, im engen Kleid und stark geschminkt, fragt Heinrich die Tochter, ob ihre Mutter nicht wunderschön sei. Diese Frage trifft sie wie ein Schlag ins Gesicht und sie möchte auf der Stelle umkehren. Statt dessen nickt sie bestätigend, nippt von der heißen Schokolade, läßt sich beraten, wie sie ihr Äußeres zum Vorteil verändern könnte. Wenn sie nicht mehr weiß, was sie sagen soll, verläßt sie unter einem Vorwand vorzeitig das Haus – nicht ohne sich von Heinrich einen ausgewählten Kunstband zu entlehnen – und verspricht, recht bald wiederzukommen.

Als Waltraud sich einmal traut, ihrer Mutter ein selbstverfaßtes Gedicht zu zeigen und sie nach ihrem Urteil fragt, bekommt sie als einzige Antwort, daß in der letzten Zeile ein Wort nicht stimme.

Als Waltraud mit 16 Jahren die Schule abbricht, sich auf dem Dachboden verschanzt, alte Kleider ihrer Mutter anzieht, sich pantomimisch ausdrückt, tanzt und

Flöte spielt, macht Dora ihr keine Vorwürfe, überzeugt den ratlosen Vater von Waltrauds künstlerischer Begabung und verhilft ihr zu einer Ausbildung in freier Graphik auf der Kunstschule in Linz.

46

Heinrich erzählt Dora von seinen Junggesellenreisen am liebsten die Geschichten, die nach Münchhausen klingen, aber wahr sind: wie er von Paris nach Algerien fuhr und aus Gründen der dort praktisch nicht vorhandenen sanitären Einrichtungen seine eigene Badewanne (aus Aluminium) im Reisegepäck hatte. Wie ihm diese Badewanne als Eintrittskarte diente in das Haus des Generalgouverneurs von Algier, dessen monatelanger Gast und Duzbruder er wurde und dem er seine Badewanne schließlich überlassen und eingemauert habe. Daß die Geschichte im illustrierten Wochenblatt ›Le Petit Colon Algérien‹ gedruckt und abgebildet wurde.

Dora lauscht in Tausendundeinernacht-Haltung und wünscht sich, Heinrichs Reisen zur See und zu Lande nachzufahren, vor allem die europäischen und am liebsten die südlichen.

Heinrich ist darauf nicht eingestellt. Er hielte lieber virtuelle Rückschau auf das Vergangene, vom gepolsterten Armstuhl aus, mit dem Visavis seiner schönen, gläubigen Zuhörerin.

Dora vergleicht ihn mit ›Oblomov‹, jenem russischen Adeligen aus Gontscharows Roman, dem es bei aller

Befähigung und Bildung doch an Tatkraft mangle, seine Ideen und Pläne zu verwirklichen, der in einem träumerischen Dahinbrüten verkümmere und im schlimmsten Fall in gänzlicher Passivität versinke.

Heinrich schiebt die Architektur beiseite und holt die eingemotteten Reisekoffer mit den vergilbten Hotelaufklebern aus den *quatre coins du monde* vom Dachboden. Baedeker werden studiert und die eigenen Tagebucheintragungen wieder gelesen, Landkarten nach Bedarf aktualisiert, im Langenscheidt die Frage- und Dankesformeln angestrichen.

Heinrich verliert kein Wort über Doras viele Kleider im Gepäck und andere Reiseutensilien, er hat damit gerechnet. Er selbst hat Kompaß und Tauchsieder immer dabei, einen Flachmann mit Whisky, den seidenen Schlafsack, Moskitonetz, Augenbinde und Ohrenschutz.

Griechenland, Frankreich, Spanien, Istrien, Dalmatien und immer wieder Italien. Städte, Strand und Meer. Autofahrten über hunderte Kilometer auf staubigen Straßen, Fähren, zehnstündige Schiffsüberfahrten. Athen und Corfu, Paris (Montmartre!), Madrid und Granada, Benidorm, Dubrovnik, mehrmals Rom und Florenz, die ligurische Küste mit dem Stammquartier in Santa Margharita Ligure, so oft es geht Venedig.

Doras eingeborene Sehnsucht nach dem Süden: der südlichen Sonne, dem Meer, dem Einfachen, Spontanen, der Leichtigkeit …

In Korfu mieten sie ein kleines Haus. Auf einem Serpentinenweg, durch einen Olivenhain, vorbei an den Weingärten des benachbarten Klosters steigen sie hinunter zu einer verborgenen Bucht, schwimmen um die Wette, liegen nackt in der Sonne, lieben sich im Schatten der überhängenden Felswand, essen die mitgebrachten Trauben und frischen Feigen, trinken Retsina aus der Korbflasche: Klischee und Wirklichkeit eines im Gleichklang empfundenen paradiesischen Zustands.

Dora macht Notizen, Skizzen für eventuelle Prosaarbeiten:

Wie die Bäuerin jeden Tag ihre Ziege vom Berg heruntertreibt, um ihnen Milch zu bringen und wie sie beim Melken der Ziege gleich die Gläser unterstellt.

Wie sie auf dem Gipfel des Berges einem Einsiedler begegnen, der seit Jahren in einer Höhle haust und sie so behandelt, als kenne er sie seit jeher.

Wie sie die ersten Male das Schreien der Esel für eine Schiffssirene hielt.

Wie sich ein Fisch in die Luft wirft und sich für Sekunden in eine stahlblaue Schwalbe verwandelt.

Wie ein Fischer seinen Fang mit ihnen teilt.

Der Sprung des Delphins!

Wie ein Jüngling, fast schon im Sprung, sich ein schnelles Kreuz von Stirn zu Brust schlägt und eine Sekunde später in seinen bekreuzigten Schatten stürzt.

Wie ihr ein Schafhirte eine mit Patina überzogene Öllampe schenkt und sie die Lampe wie Hero ins Fenster stellt.

Wie eine alte Frau in zerschlissenem Kleid ihre Angelschnur ins ölige Wasser des Hafenbeckens hält und den zappelnden Fisch in eine schwarze Handtasche mit vergoldetem Bügel steckt. Und wie ihr die alte Frau im

Traum erscheint: als junge Ballschönheit an der Seite eines noblen Mannes, die Tasche mit dem goldglänzenden Bügel über dem Arm. Wie sie am nächsten Tag diese Frau wiedersieht und bei deren Anblick weiß, daß jene gesättigt von ihrem Schicksal und geschlossen, ohne Gesicht und Stimme, wo immer sie weilen mag, einen Raum um sich bildet, der jeglichem Einbruch wehrt.

In Santa Margharita nimmt Dora die Goldsandalen in die Hand und geht barfuß, um die Wärme auf den Fußsohlen zu spüren. Sucht auf dem Markt die Fische aus, feilscht und gestikuliert. Legt sich auf die Kaimauer. Schaut den Männern beim Brettspiel zu. Läßt sich hinterher pfeifen. Das Laute ist hier der normale Ton und somit der ihre. Hier ist sie sich selbst am nächsten, fühlt die eigene Rolle auf den Leib geschrieben: ihr Spiel deckt sich mit ihrem Sein.

Heinrich als sanfter, gewährender, reflektierender Begleiter:

»... o Dora mia! Wir saßen nebeneinander im Sand und unsere Blicke hingen an der untergehenden Sonne. Ich habe Dich sehr geliebt in diesen Minuten – und doch sind Gedanken zu mir gekommen, die ich Dir heute sagen möchte: ich nenne es die Tragödie des Parallelen. Zwei Menschen lieben einander mit allen Fasern ihres Seins. Sie wollen gemeinsam weitergehen durch dieses Leben und bis in die Ewigkeit für immer zusammengehören. Sie sind zwei parallele Linien, wie zwei parallele Linien gehen sie durch die Zeit. Da kommt plötzlich die Erkenntnis über sie:

ja, so wandern wir gemeinsam dahin, aber ... alle Linien, alle Lebenslinien, die durch den Raum eilen, treffen sich einmal, nur die Parallelen laufen ewig nebeneinander, nie werden sie zusammentreffen, nie haben sie einen Schnittpunkt, wo sie ganz verschmelzen würden zu einem Wesen. – So sind wir nebeneinander gesessen in der Abendsonne, ganz eng nebeneinander. Und diese Gedanken sind über mich gekommen, und eine große Trauer überfiel mich. ...« [61]

47

Brüche und Verschattungen. Dora Dunkl weiß um die Einsamkeit des Menschen und daß er nicht erlöst werden kann durch ein mediterranes Arkadien, auch nicht durch das geliebte Du. Es wechseln Phasen des Hochgefühls und der Schwermut:

> »... o lingua italiana, dein Spiel mit den Vokalen,
> deine überquellende Freude an der Modulierung
> eines alltäglichen Worts ... lingua melodiosa ...
> Übersteigerungen, Lust am Kampf gegen die
> Abnützung des Alltags ...

Ein Vormittag, der nicht gut ist, auch hier nicht, am Meer und unter den Olivenbäumen,

> dabei habe ich immer gedacht,
> wenn man nur dort wäre ...
> dort ist alles gut und für
> immer anders ...

doch das Meer drückt auf die Augen, daß sie schmerzen, das dunstige Licht lähmt, und es ist nicht wahr, daß man nachts eins mit den Algen und Fischen, vom Meer die Taufe empfangen hat zu neuer Geburt und getrocknet ward vom Wind aus biblischen Gärten…

…Und plötzlich ist das Meer wieder da, der Himmel und alle Verheißungen, und die Luft ist Atem, den ich in kleinen Wellen koste, und das Meer bricht die Augen nicht mehr wie ein Feind, sondern wie ein übergroßes Maß an Schönheit und Lust. …

In der Fülle der südlichen Nacht, in der Fülle meiner Tage gegen Dämonen kämpfen … und immer wieder die Forderungen spüren, wie die Saugarme eines riesigen Tintenfisches, diese lästigen quälenden furchtbaren Forderungen, diesen Anspruch, den man nicht abschütteln kann, der uns aufgreift wie wir die Früchte und uns prüft und uns die Haut abzieht, Schicht für Schicht und ins Fruchtfleisch stößt, daß der Saft verspritzt. …

> LA SOLITUDINE – dieses Wort – das am Grund
> unseres Daseins haftet und bleibt, selbst wenn
> wir das Herz der Geliebten äßen,
> das bleibt, auch wenn wir uns nachts Atem an
> Atem betten und uns bei Tag mit weißen Segeln
> zuwinken und Häfen ansteuern, um es herauszu-
> reißen. …« [62]

48

Die »wahrste Wahrheit« sagen, das Unsagbare sagbar machen und somit an die Grenzen des Wortes stoßen: »wortlos, wortlos«

[...]
aber zu sagen
wie es war
als mir die Glut auf die Haut fiel
kann ich nicht [63]

Dora Dunkl verläßt das durchgehende Reim- und Metrikschema des Sonettenkranzes und der Seiltänzergedichte, verzichtet weitgehend auf Zeichensetzung, schreibt unvollständige, elliptische Sätze, reiht Nennformgruppen litaneiartig aneinander. Lyrische Verknappung, Kürzel, graphisch in Blöcke aufgelöst, bis zur Reduktion auf Ein-Wort-Zeilen: manieristisches Zugeständnis an die Programmatik der lyrischen Avantgarde, die die Sprache als konkretes Material behandelt, das neu zu montieren sei, um ungewohnte Sinnzusammenhänge zu erzeugen.

Lyrik und Prosa gehen ineinander über.

Der metaphorische Sprachgebrauch wird ihr zur Natur, ist nicht absichtsvolle Verrätselung, sondern zwingende Form, die rätselvolle Innenwelt in Bilder zu fassen. Eine oft surreale, traumhafte Innenwelt, die zur persönlichen Chiffre gerät: eines Morgens erwacht sie als riesiges gelbes Auge, in Rhomben zerteilt, ihr Mund liegt neben ihr und schreit ...

[...]
ein Delphin
springt ins Licht er hat
Olivenaugen es ist mein
Delphin
ich seh ihn nie wieder
einmal
eines Morgens
und
ich warte auf dem goldporigen
Stein im goldenen
Morgen und goldhaarige
Fühler
wachsen mir aus der Stirn meine
Füße stehen im Salz und alles
ist weiß auch das
Kleefeld
meine Augen aß ich wie
Muscheln und meine Fühler
verhornen ... [64]

»... Das Naturhafte und Antikische, ... das in ihr war, hat ihre Lyrik bestimmt und hat sie ganz eigenständig, abseits von jeder Mode und jedem zudringlichen Anspruch der Zeit wachsen und auskristallisieren lassen. Der Süden, das Mittelmeer, der Karst, die Inselwelt mit ihren Buchten und Hainen, waren das mythisch eingefärbte Ambiente, das ihre Wortfelder aussteckte. ...« [65]

Geschaute, mutige Bilder, eigenwillige Assoziationen führen vom Abstrakten ins bezwingend Anschauliche: »... Betonherz, Fledermausnächte, Natternhemd ...« Verinnerlichte Tierwelt des toten Bruders: Muschel, Fisch, Delphin; Libelle, Zikade; Eidechse, Schlange, Natter, Schildkröte; Einhorn, Pferd; aber auch Amsel, Wurm kehren leitmotivisch wieder. Manche mit fixen adjektivischen Begleitern: räuberische Libelle, blickloser Wurm, weißköpfiges Pferd. Sie alle sind sinnbeladen, haben über ihr Tiersein hinaus Verweischarakter auf Stimmung, Zustand, Ahnung, Bindung: Der »gute Pelikan«, der ihr »unrein Herz« reinwaschen möge – er hat der Fabel nach seine Jungen mit seinem Herzblut genährt – steht für aufopfernde Mutterliebe.

Von den Bäumen sind es der lanzenblättrige Ölbaum, die Akazie, die Zypresse, Lorbeer- und Mandelbaum. Unter den Blumen ist es der Löwenzahn. Die Hauptfarben sind Schwarz und Weiß, Gold und Silber: eindeutige Farben, keine Nuancen, schicksalsentscheidende Farben der Mythen und Märchen, des Ja oder Nein, des Alles oder Nichts. Auch Materialien, wie Glas oder Stein, sind Zeichen für etwas. Städte, Orte, Namen, Begriffe werden ohne erkennbaren geographischen oder anderen Kontext eingesetzt. Solche Wörter sollen blitzartig eine Befindlichkeit evozieren oder eine Erinnerung heraufbeschwören: Chartres, Ronchamps, Sacré coeur, Lindos; Dyonisos, Senghor, Penelope; la lune, soleil, solitude, dolore; und mare, immer wieder mare.

Manchmal, in den *guten Stunden*, gelingt es ihr, ohne metaphorische Brücke die Dinge einfach zu benennen:

[...]
dennoch sage ich:
Löwenzahn
Weißdorn
die Wiese

und sage
Geliebter

und sage
Musik
und Gedicht

sage
Blick
Schwermut
und Täuschung
[...] [66]

Reisemüdigkeit. Innehalten. Dem Anspruch des Ortes entsprechen.

Heinrich braucht sein tägliches Reglement, Arbeit und Muße in ruhigem Wechsel. Dora ist »folgsam«, sie fügt sich Heinrichs Bedürfnissen.

Der Auftrag eines Hotelumbaus eröffnet den Dunkls ein nahes Urlaubsdomizil im Hotel Seehof am Mondsee. Es bietet seinen Gästen aus Künstler- und Apothekerkreisen außer den fünf Sternen abgeschirmte Privatheit und diskretes Eingehen auf Sonderwünsche und Marotten. Die Halbinsel mit der langgestreckten Bucht, die ausgedehnte Liegewiese mit den hohen alten Bäumen, der weite klare See mit seinem Berg Athos-Horizont sind fast Ersatz für südliche Ferne. Nach Salzburg ist es ein Katzensprung.

In Steyr bearbeitet Dora Dunkl mit großem Einsatz ihr kulturelles Feld. Sie hat geradezu ein Sendungsbewußtsein und fühlt sich als literarischer Motor. Sie spricht und rezitiert bei offiziellen Anlässen im Rathaus und empfängt im Anschluß hochgestellte Persönlichkeiten im Dunklhof. Der Bürgermeister geht bei ihr ein und aus, sie ist das repräsentative Aushängeschild der Stadt. Sie publiziert in allen oberösterreichischen Tageszeitungen, auch in ›Die Presse‹ und ›Die Furche‹, in den Literaturzeitschriften ›Stillere Heimat‹ und der Nachfolgereihe ›Facetten‹, ›Die Rampe‹, ›Literatur und Kritik‹, in Anthologien und Almanachen. Sie gründet und leitet Mitte der sechziger Jahre die Arbeitsgemeinschaft für Sprache und Dichtung (innerhalb des oberösterreichischen Volksbildungswerkes) und lädt »ihre Gemeinde« ein zu esoterischen Matineen. Sie organisiert Vortragsreihen und Literaturabende, eröffnet Vernissagen, arbeitet mit Schulen zusammen und ermöglicht jungen Autoren – wie Walter Wippersberg und später Friedrich Grohs – erste öffentliche Lesungen.

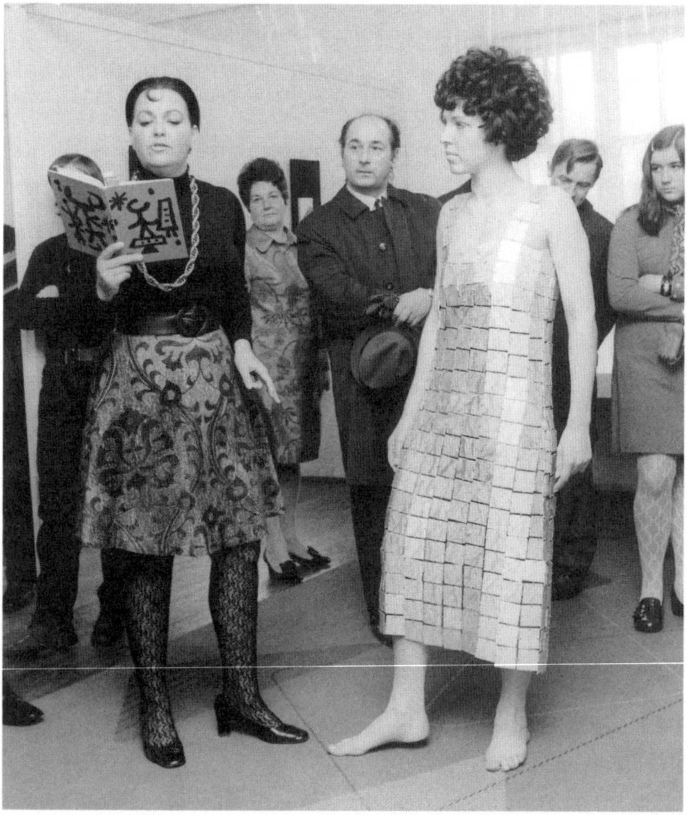

Dora Dunkl eröffnet eine Vernissage

Dora Dunkl und Marlen Haushofer in der Schloßkapelle

Sie wird dafür 1968 von der Landesregierung mit dem Titel Konsulentin für Volksbildung und Heimatpflege bedankt. Die erwartete Auszeichnung von staatlicher Stelle bleibt aus.

Sie weiß, ihr Werk ist schmal. Doch ist es so, daß ein geglücktes Wort für sie ist wie ein geglückter Tag, daß tausend Worte nicht m e h r sein können, als dieses eine, einzig mögliche an diesem Tag. Und soviele Tage hat ihr Leben noch nicht gehabt, daß sie Romane aus geglückten Worten hätte schreiben können.

Ihre Freundin Marlen Haushofer kann das. Sie bewältigt beharrlich ihr tägliches Schreibpensum – gesellschaftliches Leben führt sie keines. Dora mag die ihr so ungleiche Marlen auf eine Weise, die sie sich nicht recht erklären kann. Sie ist ruhig und verschwiegen, farblos angezogen und stillos eingerichtet. Sie macht den Eindruck einer gelangweilten Hausfrau. Am meisten liebt sie ihre Katze. Sie schaut durch dich hindurch und zugleich in dich hinein. Hat lakonische Ansichten und ein messerscharfes Urteil. Sie sagt nichts Falsches. Sie ist hübsch. Dora hat sie im Schlepptau, wie einst ihre blasse Klavierstundenfreundin, der es ebenso an Tatkraft und Selbstbewußtsein fehlte. Marlen traut sich nicht zu, vor vielen Menschen ihre eigenen Texte zu lesen. Das ist für Dora ein leichtes, sie wird die rührige Interpretin ihrer Romane und Erzählungen.

1968 wird Marlen Haushofer der Kleine Österreichische Staatspreis zugesprochen – zum zweiten Mal.

50

Die mittsommerlichen Serenadenabende werden zum zweifachen gesellschaftlichen Ereignis. Zum einen als vertraute und liebgewordene Institution im öffentlichen Hof, zum anderen – nach dem Konzert – als festlicher Nachklang im privaten Rahmen. Dora Dunkl als Hausfrau und als Frau des Hauses: sie führt einen Salon im klassischen Sinn. Wer hier zu Gast ist, glaubt sich als Auserwählter, der abgehoben in eine andere Welt, an einem Gesamtkunstwerk teilhaben darf. Der erhabene, behaglich strukturierte Raum, den man ohne Schwellenangst betritt, in dem man sich angekommen fühlt. Die klein und fein bestellte Tafel, an der nie die Oliven fehlen, der erlesene Wein, der beiläufige Blumen-

Heinrich und Dora Dunkl empfangen ihre Gäste

schmuck, das sanfte Licht, die ungezwungene Stimmung, das Großzügige. Die lockeren, geistvollen Gespräche, die man im Vorbeigehen erlauscht oder in die man unvermittelt eingebunden wird. Die Offenheit der

Gastgeberin, die strahlend und energisch ihre erweiterte Bühne bespielt, der höflich-distanzierte Hausherr im Hintergrund, der so wirkt, als hielte er den inneren Entwurf, als habe er mit unsichtbarer Kreide am Boden die Schritte eingezeichnet, die Begegnungen markiert.

Hier trifft man die gute Freundin Gertrud Fussenegger, die ihre Gedanken schwerelos als druckreife Essays äußert, als wäre es die natürlichste Art, so zu sprechen – und die im Handumdrehen in der Miniküche ein Tablett Gläser spült. Marlen Haushofer kommt selten, und wenn, nur als schweigende Beobachterin. Immer wieder Jeannie Ebner, die Herausgeberin von ›Literatur und Kritik‹, Herzensfreundin von Marlen und sonore Kettenraucherin. Der Chefredakteur von Merian. Der Maler Karl Mostböck. Der Malerpfarrer und Seelenfreund Petrus Mayrhofer. Rudolf Bayr, der professionelle Gourmet – er hat das Sagen im Residenzverlag. Kurt Klinger, György Sebestyén, Franz Josef Heinrich. Der überzeugte Kommunist Franz Kain, – und Axel Corti: er ist auf der Durchreise und schaut *gschwind einmal* vorbei. Paul Flora zückt den Zeichenstift aus seinem satirischen Blickwinkel. Paula Wessely will Doras Gedichte auf Band sprechen. Wolfgang Bauer, der Erfolgsdramatiker und Grazer Bürgerschreck als Zufallsgast: es ist nicht sein Ambiente, aber der Whisky ist o.k. Auch H. C. Artmann wird einmal gesichtet.

Der Freundeskreis, Schriftsteller und Förderer, Verehrer. Aber auch andere – Lebenskünstler, bunte Vögel ihrer Gattung: ein griechischer Opernsänger, ein Moritatensänger, der auf der Gitarre improvisierende Amtsarzt, der aus der Haft entlassene Kulterer: Freund Thomas Bernhards und Protagonist seiner gleichnamigen Erzählung. Ein noch unerkanntes Schreibtalent in Protesthaltung, der kleine Sohn der Freundin, weil er sie bewundert und ihr auf der Trompete vorspielen will.

Ihre Gabe, besondere Menschen zu erkennen, sie auszuwählen und für sich zu gewinnen.

Wenn der Abend gegen Mitternacht vorrückt, die Diskussionen erlahmen, der Alkohol Wirkung zeigt, nur mehr ein kleiner Kreis müd gewordener Bewunderer sich in der vagen Stimmung weiterwiegt, kommt es vor, daß Dora sich noch einmal erhebt, einen zerlesenen Gedichtband aus dem Regal nimmt und neu beseelt Verse *ihres* François Villon deklamiert, jenes französischen Vagabunden und Galgenvogels aus dem 15. Jahrhundert, der seine innersten Empfindungen ohne Rücksicht auf gängige Moral in schockierenden Bildern zum Ausdruck bringt. – Wenn Heinrich beschließt, daß der Vorhang fallen soll, dann spitzt er die Bleistifte für den nächsten Tag, öffnet weit die Fensterflügel, auf daß die kühle Nachtluft die letzten Saumseligen zum Aufbruch bewege.

Als sich nach einer dieser Festlichkeiten der zurückhaltende Literaturprofessor verabschiedet – er hatte Blumen mitgebracht, ihr aber die gebührende Anerkennung versagt – begleitet ihn Dora bis zum Stiegenabgang. Beim Eisengitter hält sie ihn zurück und fragt:

Wie war ich heute?

Gnädige Frau, es war ein außerordentlicher Abend.

Er wird nie wieder eingeladen.

Ihre Sprache und ihr Wesen verkörpern Pathos, jenen leidenschaftlich bewegten Ausdruck, jene feierliche Ergriffenheit, die nach der Poetik des Aristoteles Hauptelement des Tragischen und Voraussetzung für die Läuterung der Seele ist. Es ist die ihr gemäße Art vor ein Publikum zu treten, ein öffentlicher Mensch zu sein. Sie spricht und bewegt sich als eine Sappho unserer Tage, imaginiert eine heilige Aura um das poetische Wort.

»... mit unnachahmlichem Hingegebensein an die hypnotische Macht des Dichterwortes, sprach sie Gedicht um Gedicht, wie von einem geheimen Feuer durchglüht ... «[67]

Sie bewegt sich in jenem sensiblen Bereich, wo der geringste falsche Ton das Ergriffensein ins Gegenteil verkehren kann. Und sie tut es in einer sachlich gewordenen Zeit, wo Pathos im Leben und auf der Bühne fremd geworden ist, unzeitgemäß – nicht mehr im Gebrauch. Sie nimmt das Risiko auf sich.

Sie scheut sich nicht, ihre Expressivität als Kontrast zum spießbürgerlichen Umfeld einzusetzen. Als im Haus der Freundin ein verärgerter Nachbar auftaucht, um sich über den Lärm der vor seinem Fenster spielenden Kinder zu beschweren, mißt sie ihn mit strengem Blick, sagt: »So ein schöner Mann und so häßliche Worte!« und bringt ihn in derselben Sekunde zum Schweigen. Sie verkleidet sich jedes Jahr als »schröcklicher« Krampus, rasselt mit schwerer Kette durch die Kirchengasse, verteilt Nüsse an Passanten, stellt den Geschäftsleuten die Rute ins Fenster, fordert Reue und ermahnt sie lautstark, bessere Menschen zu werden. Oder sie empfängt am Silvestermorgen in großer Robe die Männer von der Müllabfuhr und entläßt sie mit einem fürstlichen Trinkgeld samt Segensspruch fürs Neue Jahr.

Sie fürchtet die Lächerlichkeit nicht.

Ihre Haltung ist Pose. Die Pose gibt ihr Halt. Schon als Kind warf sie sich in Pose, um eine gewollte Wirkung zu erzielen. Sie lebt ihr Leben nach außen, um es nach innen zu halten. Die Pose gibt ihr die Stärke des Augenblicks und hilft ihr, die Angst zu überlisten. Sie variiert ihre Spielarten: Posen der barocken Lebensfülle, der Energie, des Stolzes, der siegessicheren Schönheit gepaart mit jener der Eroberung. Die Pose als Panzer, als Fassade. Als Schutz vor Verletzung. Aus mangelnder Wärme zu sich selbst. Zweifel, Schmerz und Trauer werden durch Pathos und Pose gefiltert. Sie braucht von beiden eine immer höhere Dosis.

Heinrich nährt ihre Sucht nach immer stärkerem Beifall und schafft den Rahmen für die jeweilige Bewunderungsgemeinde. Er stellt sie in die Auslage und schickt sie auf den Laufsteg. Er selbst bleibt unauffälliger Begleiter.

»Sie waren ein einmaliges Paar, die beiden. Er war viel älter, sah gut aus, eine elegante Erscheinung, ein schöner Mann. Sie war um einen Kopf größer, vollbusig und braun, so was von braun. Ich habe damals die Carmen gesehen, bei den Salzburger Festspielen, aber ich habe immer nur an sie gedacht, sie hätte in diese Rolle gepaßt, absolut. Wenn sie zum Abendessen kam, war sie immer toll

angezogen, und es war immer ein Auftritt. Sie ist nicht zum Essen gekommen wie ein anderer, sie trat auf, und alle haben geschaut. Sie aß nicht wie unsereins – wir essen halt und reden und haben uns nicht in der Hand wie das wirkt – aber bei ihr war alles inszeniert. Sie hat einmal nach dem Koch gerufen und den ganzen Saal animiert, ihn wegen seiner köstlichen Forellenmousse zu beklatschen. Der Tisch war so plaziert, daß sie von allen Gästen gesehen wurde, auch auf dem Weg zum Tisch. Oft hat sie ihr Erscheinen angekündigt mit ›Heinrich, ich komme gleich‹, hat sich auf die oberste Stufe der Treppe gestellt, blieb kurz stehen, damit Heinrich sie kommen sah (auch alle anderen), und kam Treppe für Treppe als Carmen herunter. Wir waren damals das erste Haus, wir haben beste Gäste gehabt, aber doch biedere. Sie hat Atmosphäre ins Ganze gebracht, es hat geprickelt, besonders an Regentagen, wenn es so dahingeregnet hat und allen fad war. Mit dem weißen Alfa sind sie gekommen, mit aufgetürmtem Gepäck. Sie blieben ungefähr drei Wochen. Sie hat immer schöne weite Röcke getragen, ganz eng in der Taille (sie hatte eine Naturtaille) und ganz enge Tops. Und eine Haltung hat sie gehabt (darum konnte man sie beneiden) wie die Carmen. Sie erntete nur Sympathie, so lieb wie sie zu einem war, so fröhlich, man hat sich gefreut, daß sie da war. Er war sehr ruhig, aber ihm hat das Theater gefallen. Sie hat ihre Lippen so bemalt, daß sie exotisch aussahen, er hat ihr den Spiegel gehalten. Sie hat auch am Badesteg ihren Auftritt geprobt. Sie hat ja eine tolle Figur gehabt. Sie sprang nackt in den See, Heinrich mußte ihr das Badetuch halten. Er konnte stolz auf sie sein, sie war wirklich eine Schönheit,

… in Pose

man konnte sich verlieben in sie, auch als Frau, so einen Typ gab es kein zweites Mal. Er ging immer einen Schritt oder zwei hinter ihr … schade, sie hätte so wunderbar die Carmen spielen können.«[68]

Ich bin da, seht mich an und staunt. Die Pose der Schönheit als Ersatz für Nähe und anstelle der Wirklichkeit. Sie muß die Königin spielen, um sich lebendig zu spüren.

Als die dreijährige Enkelin ihr die abgewandelte Rotkäppchenfrage stellt: *Großmutter, warum hast du so große Lippen?* ist Dora im Innersten getroffen, stößt das Kind von sich und weist es aus dem Raum.

Mit ihr zu zweit geschieht es zuweilen, daß sie losläßt und *nur sein* kann.

[...]
eines Morgens
nehme ich
den bösen hölzernen
Hampelmann
der schwer
wie ein Stein
in mir liegt
und mich hindert
zu fliegen
[...]
einfach aus mir heraus
seine Augen
Kugeln von Blei
rollen davon

und
ich geh
in den Tag
mit befreiten Gelenken
über das Kleefeld [69]

52

Am 21. März 1970 stirbt Marlen Haushofer an Knochenkrebs.

» … Ich habe mich ergeben und würde meine Seele gerne zurückgeben, ich weiß nur nicht wem: kein Mensch mehr sein, sondern die Smaragdeidechse, die sich auf Ostias Mosaiken sonnt, ein Körper, der die Sonne aufnimmt, ein winziges Hirn, das nicht denken kann und für das es nur Gegenwart gibt und das nicht weiß, warum ein Mensch es zertritt.«[70]

In diesen todesnahen Zeilen der Freundin findet sich Dora wieder. Das ist *ihre* Sprache, und sie möchte diese geglückten Worte selbst geschrieben haben. Sie wußte nicht Bescheid. Marlen hat ihre Krankheit verheimlicht und verharmlost, sie sprach – wenn überhaupt – von der *verflixten Verkalkung*. Als Dora sie in der Wiener Privatklinik aufsucht, kommt sie zu spät.

Im Dezember 1970 bekommt Dora Dunkl den Förderungspreis für Literatur des Landes Oberösterreich.

Die feierliche Überreichung aus der Hand des Landeshauptmanns im Linzer Schloßmuseum, die preisgekrönten Kollegen aus Musik, Bildender Kunst und Wissenschaft, die bedeutenden Vertreter des politischen Lebens, die sachverständige Laudatio ihres lyrischen Werkes, die Gewißheit, daß Heinrich stolz auf sie ist – beflügeln sie zu einer euphorischen Dankesrede. Sie spricht über die zeitlose Bedeutung lyrischen Schreibens mit der schlußendlichen Botschaft, daß Dichten ein Sagen ist, das seine Offenbarung in sich selber hat. Sie liest vollständig den

Dora Dunkl erhält im Jahr 1970 den Förderungspreis für Literatur des Landes Oberösterreich

jüngst vollendeten Gedichtzyklus »Mein Haus«, in dem sie die an sich gestellte Forderung einlöst, die Wesenheit eines Hauses zu zeigen, nicht das Haus.

I
ein Haus
aus Stein
darin ich wohne
in dem
das Abendland
auf
und
unter
geht
im Winter
wird es bald
Nacht

und
die Worte
gespenstern
und
heulen
ums Haus
wie Wölfe
der Steppe
um
das einzige Haus
in dem
ich wohne
und
den großen Sandregen
höre:
aus
meinem Haus
rieseln
die Steine
zurück
in
das Meer

Ein Wintergedicht
auch ein Liebesgedicht

II

SCHNEE
wächst
vor dem Haus
ich denke
das Meer

wie es den Morgen
den Tag
und
die Nacht
wiegt

gestern
und noch einmal
gestern
unter der Sonne
im Gras
blühte die Haut
Gesang
in den Ohren

ich dachte
Schnee
der
vor dem Haus
wächst
und
Nachmittage
voll Trauer

in die Erde
geweint

MUSCHELN
wachsen an den Mauern
des Hauses
in dem

wir wohnen
du
wärmst mich
und
ich wärme
dich

so
sind wir
inmitten
der Zeit

III
mein Haus
steht
im Meer
das zwischen den Steinen
hindurchströmt
in
mein Zimmer
um meinen Tisch
und
mein Bett
ich seh einem Fisch
ins Auge
und
bin leicht
und
unsterblich

IV
mein Haus
steht
im Gebirge
allein
ich breche Steine
aus meinen Wänden
und
zerschlage die Tür
daß
der Gletscherhauch
eindringen kann
und
die Nadeln der Sonne
mich stechen
und
der Staub der Lawinen
den Mund
füllt
der
für den Raum
im Geäst
kein Wort
weiß

V
mein Haus
steht
im Tal

in
einer Narzissenwiese
jeden Morgen
erbau ich es
neu
mit den weißsternigen
Blumen schlage ich
Nägel ein
für meine Bilder
und
gehe umher
und nenne das Rot und
das Grün
und lege mein Ohr
an die Wand
und höre das Meer
und den rieselnden Stein [71]

53

»Mein Haus« macht sie ruhig. Sie hat es für die Ewigkeit gebaut, mit den Bausteinen der Wahrheit und der Liebe, und in den zeitlosen Kreislauf der Natur gestellt. Sie hat die Summe ihres Lebens eingebracht und es wurde amtlich bestätigt. Sie hat ein klassisches Maß erreicht, eine kleine Vollendung. Heinrich gibt dem Gedichtzyklus einen Rahmen und hängt ihn über den Eingang.

Eine gute Zeit.

Ein Lyrikband mit dem Arbeitstitel »Litanei von den Worten« ist in Vorbereitung und soll im Residenzverlag erscheinen.

Die Achse Steyr-Haidershofen ist stabil. Die Wunden sind vernarbt. Waltraud und Hans besuchen die Eltern zu gleichen Teilen an den hohen Feiertagen.

Hans ist Student der Medizin. Nach Hans dem Vater und Hans dem Bruder folgt er als dritter der ärztlichen Familientradition. Natürlich ist Dora stolz. Ein hübscher Bursch ist er geworden. Ein Abenteurer noch dazu: unternimmt gewagte Reisen nach Indien, durch die Wüsten Afrikas und des Irak, bricht nächstens auf nach Mexiko. Mit Heinrich unterhält er sich über orientalische Ästhetik und die Denkweise der Frauen. Das alles ist ihr Sohn. Fast ohne Zutun ihrerseits.

Waltraud, die Tochter, läßt das Leben mit sich geschehen. Sie ist verheiratet, folgt dem Weg des Mannes, teilt mit ihm Yoga und indische Philosophie, ist strenge Vegetarierin, trinkt keinen Alkohol. Ihre Kinder tragen die Namen Ananda (Glückseligkeit) und Padme (Lotosblüte). Für Dora eine fremde Welt. Sie möchte der Tochter etwas Gutes tun. Es ist nicht möglich. Sie schenkt ihr jeweils zum Geburtstag ein Gedicht und kauft den Enkeln »etwas Schönes zum Anziehen« in der Boutique.

54

In der Prosa weiterkommen.

Was Dora Dunkl bisher schrieb, fällt unter die Bezeichnung Kurze Prosa. Es sind Momentaufnahmen südlichen Lebens, Miniaturen lyrischer Prosa, humoristische Essays – Gelegenheitsprosa, verstreut veröffentlicht. Es fehlt die große Form.

Einen figurenreichen Roman schreiben, wie Gertrud Fussenegger, deren Familiensagas Buddenbrooksches Format erreicht haben.

Es bleibt beim Wunsch. Sie ist zu ungeduldig für den episch breiten Ton, den fließenden Erzählstrom, für das langsame Entfalten eines Lebensganzen, das planende Verknüpfen vieler Handlungsstränge. Sie strebt vielmehr der Pointe zu, dem springenden Punkt, setzt den Akzent auf das unerhörte Ereignis, die entscheidende Wende.

Wie macht es denn die Gertrud? fragt sie den erwachsenen Sohn.

Mehr aus Verlegenheit, weil er nichts Falsches sagen will, meint er, auf die Länge käme es nicht an und auch nicht auf die Menge.

Er hat das Richtige getroffen, die Mutter scheint beglückt und für den Augenblick befreit vom großen Anspruch.

Sie hält den Zeitpunkt für gekommen, über sich selbst zu schreiben. Die Lebensmenschen ihrer Kindheit sind lange tot. Der Name Schottenloher nur mehr ein ferner Klang. Sie hat den nötigen Abstand, sich von außen zu betrachten, rückblickend ihren Standort zu bestimmen. Zurück zu dem Mädchen in einer bayerischen Kleinstadt, das sich hineinträumt in die große Welt jenseits des Gartenzauns: in die Glitzerwelt der Schaubuden und Schiffsschaukeln, der Papierrosen und Zuckerwatte, der Seiltänzer und Märchenerzähler. Sehnsucht nach einer Scheinwelt, von Anfang an.

»Fortdauer der Erinnerung« ist Dora Dunkls erster geschlossener Prosatext. Der schmale Band erscheint 1972 in der Reihe ›Profile und Facetten‹ im Bergland Verlag Wien. Gertrud Fussenegger gibt ihr mit einem Nachwort gewichtiges Geleit.

Bruchstücke der Erinnerung in neun Episoden, die jede für sich besteht und gemeinsam ein Ganzes ergeben. Bilder einer wohlbehüteten Kindheit, traumatisch geprägt vom Morphinismus des Vaters und des Bruders. Das Schlüsselerlebnis geht wie ein Riß durch die Kinderseele und zieht sich als metaphorisches Leitmotiv durch den Text:

» ... Während ich esse, sehe ich vor mir das Fenster, in dessen Mitte ein Jüngling aus buntem Glas auf einer Flöte bläst, wenn man das Fenster öffnete, schnitt man den Jüngling entzwei.« [72]

Weder verklärt noch verfremdet wird die persönliche Erinnerung zu einer nachvollziehbaren Wirklichkeit verarbeitet: es gibt viele kleine Mädchen, die im elterlichen Garten träumen, durch bittere Erfahrungen aus diesen Träumen erwachen, Abschied nehmen von ihrer Kindheit und ihre Heimat verlassen, um einem Mann in ein unbekanntes Land zu folgen.

Dora Dunkl findet positives Echo in der österreichischen Literaturkritik. Es sei ihr gelungen, die intuitive Innenwelt eines Kindes sprachlich adäquat wiederzugeben. Es ist die Rede von straffer Handlungsführung, differenzierter Charakterzeichnung, von formaler Doppelbödigkeit, der Kunst der Andeutung, der dramatischen Betonung, ohne in die Pose des Aufschreies zu verfallen. Sie wird als Erzählerin wahrgenommen.

55

Sie fährt mit dem Buch auf Lesereise. Die erste Station ist Deggendorf. Im Alten Rathaus will sie lesen, im neugotischen Festsaal. Und im Café Wiedemann am Luitpoldplatz, im Haus der letzten gemeinsamen Wohnung ihrer Eltern. Die Schulfreunde zusammenrufen, und den pensionierten Deutschlehrer, dem sie immer noch wie eine Schülerin ihre Gedichte zur Benotung schickt. Er ist nicht so streng wie Heinrich. Von der »Fortdauer« weiß er noch nichts.

Sie geht die biographischen Plätze ihre Kindheit ab. Betritt die Kirche zum Heiligen Grab, deren barockes Inventar sie als Kind gleichermaßen faszinierte wie die Schaubuden am Jahrmarkt. Steht an der Stelle, wo sich der Stadtplatz einschnürt und in die Enge Gasse mündet, wird sich bewußt, daß es sie – Zufall oder Bestimmumg – in eine Stadt ganz ähnlicher Struktur getragen hat. In eine ebenfalls tausendjährige Stadt, deren steile Dachlandschaften mittelalterlicher Häuserzeilen um den platzartig erweiterten, langgestreckten Markt sie mit geschlossenen Augen vor sich sieht. Deggendorf an der Donau, umgeben von den sanften Höhenzügen des Bayerischen Waldes. Steyr, am Zusammenfluß von Enns und Steyr, umgeben von den Hügeln des Alpenvorlandes.

Deggendorf

Steyr

Schritt für Schritt vergleicht sie die geschriebene Erinnerung mit ihrer gegenwärtigen Empfindung. Fragt sich, wann jener entscheidende Moment in ihr Leben trat, in dem sie die noch unbestimmten Teile ihres Ichs gesammelt und zum eigenen Wesenskern verdichtet hat, sich als Waltraud Schottenloher in den Weltmittelpunkt gestellt und die geworden ist, die sie bis heute blieb. Es muß sehr früh geschehen sein und unwiderruflich. Wie wäre es gekommen, wenn sie von klein auf über die Dächer von Paris geschaut hätte, Montmartre ihr Markt und die Seine ihr Fluß gewesen wäre? Sie gelangt zur Gewißheit, daß alles so kommen mußte, wie es kam, und sie demnach von ihrer Schuld entbunden sei.

Sie besucht Betty. Die zweite Frau ihres Vaters ist seit acht Jahren verwitwet, wohnt am Michael Fischer-Platz mit Blick auf die Grabkirche, lebt seit dem Tod des ehrfürchtig geliebten Mannes in der Vergangenheit, im täglich frommen Zwiegespräch mit dem Toten. Dora hat erkannt, daß Betty dem Vater letztlich Gutes tat, indem sie seine Sucht ohne Vorwurf gelten ließ, aber davor nicht die Augen verschloß, für ihn sorgte, ohne ihn zu bevormunden. Sie verständigt sich mit der Frau über die gemeinsame Erinnerung. Hält das selbstgefertigte, kostbare Barockkirchenbuch des Bruders in Händen, und die fast vollständige Dokumentation der niederbayerischen und oberösterreichischen Gotteshäuser erscheint ihr wie ein Vermächtnis. – Vom Vater hängt sichtbarer Schalk an den Wänden. Er sammelte clowneske Hampelmänner und bemalte sie. Einer hängt an der Eingangstür. Betty erzählt, er habe jedes Mal beim Vorbeigehen daran gezogen und dabei *drei Mark achtzig!* ausgerufen. Und zwar deshalb, weil er sich jedes Mal über den hohen Preis ärgerte, den er für ihn bezahlt hatte.

Die Lesung im Rathaus wird zur Nagelprobe. Sie steht im bodenlangen Mantel vorne am Rednerpult und liest von oben herab. Fällt in die geübte Pose. Schafft Distanz gerade dort, wo sie Nähe erhofft. Deggendorf ist nicht gleich Dunklhof. Hier kennt man Waltraud und die anderen Personen in dem Buch. Und auch die Fakten. So wars und so wars nicht. So kanns gar nicht gewesen sein. Die Anna (das Dienstmädl Maria) hat sich nicht umgebracht, die ist sogar recht alt geworden. Der Herr Medizinalrat war recht eng mit einer Krankenschwester. Mit den Amis wars nicht so gemütlich. Und was sie herablassend als »Wohnküchenwärme« bezeichnet: die habe ihrem Bruder gut getan, viel mehr hätte er davon gebraucht, dann wärs vielleicht nicht so weit mit ihm gekommen. Und übrigens: das Glasfenster mit dem Flöte blasenden Jüngling stamme aus der Nachbarsvilla, auch andere Details seien frei erfunden und vieles übertrieben dargestellt.

Erklärungen des Deutschlehrers über autobiographisches Schreiben helfen da wenig, man hat schließlich den Großteil miterlebt und kann sich genau erinnern.

Die zweite Lesung im Café Wiedemann entfällt.

In Würzburg atmet sie frei. Hier ist der Himmel höher und der Horizont weiter. In der wiedererstandenen Stadt inmitten der Weinberge pulsiert das Leben. Der Blick von der Mainbrücke hinauf zur Festung Marienberg und auf das Käppele ist Auslöser hochgestimmter Erinnerung, ist stärker als der Gedanke an Krieg und die ausradierte Traubengasse. Gewiß, es fehlt ihr Bärbl, der einzige Mensch, der sie bedingungslos geliebt. Von ihr behütet werden täte heute noch wohl.

Sie liest in der Stadtgalerie, kann ihre Geschichte beim Lesen für diese Stunde neu erfinden, ist überzeugt, daß die gefilterte Erinnerung außer sie selbst auch unbekannte Menschen in diesem Raum betrifft und daß sie – erst wenn das der Fall ist – literarische Arbeit geleistet hat. Den gläsernen Jüngling von nebenan hat sie rechtmäßig in ihr Buch geholt, er hatte von jeher zu ihr gehört und wurde später ihr »Bruder Gespiele«. Und Annas (Marias) zwingendes Ende war der Selbstmord. Nach derselben inneren Logik verläuft auch alles andere.

Sie faßt Vertrauen zu ihrer Prosa, setzt kämpferisch die Lesereise fort nach Bonn.

56

In Steyr wartet seit Monaten eine Auftragsarbeit auf ihre Fertigstellung. Merian, das Hamburger Monatsheft der Städte und Landschaften plant für November 1972 einen Band über ›Oberösterreich an Traun und Enns‹. Dora Dunkl wurde mit Steyr betraut. An ihrer Seite schreiben Gertrud Fussenegger, Alexander Lernet-Holenia, Herbert Eisenreich und andere bedeutende österreichische Gegenwartsautoren. In dieser guten Gesellschaft zu bestehen, gibt ihr viel und fordert sie als ganzes heraus. Sie studiert historische Daten, recherchiert im Stadtarchiv und im Heimatmuseum, geht alle Wege ab, die es zu schauen gilt und zu verinnerlichen. Als Würzburgerin sieht sie schärfer, hat den unverbrauchten Blick der Fremden. Ihr Beitrag »Steyr, die stolze Stadt der Eisenherren« gibt auf wenigen Seiten einen fundierten Überblick über Geschichte und Gegenwart, über wirtschaftliche und kulturelle Zusammenhänge, ist im Hauptteil eine Liebeserklärung an die repräsentativen Schönheiten dieser Stadt und schließt mit der realistischen Einschätzung künftiger Entwicklung: » ... Die Stadt wuchert ins Land hinaus, nicht, weil es so viel mehr Menschen gäbe – im Verlauf von 10 Jahren kamen ungefähr 3000 dazu und heute sind es 43 000 – sondern weil man die Altstadt verläßt und in die Wohnblocks zieht, die sich am Rand der Stadt, scheinbar willkürlich, vermehren, und in die Hochhäuser, von denen man einen wunderbaren Blick auf die Altstadt haben mag, die aber eine Zukunft ankündigen, in der die Innenstadt entvölkert sein wird, den Behörden, Banken und Geschäften vorbehalten, nachts eine Geisterstadt, deren Arkadenhöfe langsam verfallen . . . .«[73]

Jahre später wird sie die morbide Schönheit des Stadtteils Wehrgraben für sich entdecken und mit lyrischem Lobgesang preisen. Abseits des stolzen Stadtplatzes gelegen, ist er als museale Industrielandschaft dem Verfall preisgegeben, und der im Mittelalter angelegte Wehrgrabenkanal mit seinen ehemaligen Mühlen, Hammer- und Sägewerken ist von der Zuschüttung bedroht: »unter hängenden Weiden / ein Kanal / Wasser aus grünem Fluß / der zum Strom wird / [...] zwischen

Blumen / Fensterhöhlen / und Menschen/ die auf Moosteppichen/ gehn/ im Schutz / der Gewölbe/ das Wasser / ertränkt ihren Schrei / und trägt / auf einem Blatt / einen vergilbten Kuß / bis ans Meer…« Künftige Hochhäuser anstelle der Handwerkshäuser »würden sich / niederbeugen / um ihren Durst / zu stillen / und ihr Betonherz / zuckte vor Verlangen/nach der Wildnis / verlorener Gärten« [74]

Dora Dunkl hat in der literarischen Öffentlichkeit einen Stellenwert erreicht.

1973 wird sie Mitglied des Österreichischen PEN-Clubs (sie übernimmt das Amt des Schatzmeisters), des Österreichischen Schriftstellerverbandes und der Künstlervereinigung MAERZ.

Sie ist außerdem Mitglied des Traunviertler Kulturvereins, des Kulturkreises Walchen, des Kulturzentrums Scharnstein und führt die Literaturgruppe Steyr. Veröffentlicht nach wie vor in Zeitungen und Literaturzeitschriften, rezitiert im Rundfunk, liest im Bildungshaus Schloß Puchberg und im Jägermayrhof, schreibt Einführungen für Ausstellungskataloge, hält Vorträge zum Jahr der Frau, veranstaltet musikalische Märchenstunden im Hotel Minichmayr, gehört zum Ehrenkomitee eines jeden Maturaballs.

Sie genießt ihre Popularität: »Das Steyrer Dichterleben – das bin ich!«

Heinrich gratuliert und meint, es sei erhebend, daß sein Schatz nun auch eine Meisterin sei. Über ihre rege Lese- und Vereinstätigkeit läßt er sich berichten, nimmt nur mehr im Freundeskreis daran teil. Nach seinem

Dafürhalten ufern Doras Aktivitäten in *Literaturtanten-tätigkeiten* aus. Es erinnere an ihre Haidershofener Zeit, wo sie auf jedem Kirtag mit jedem getanzt habe, der sie dazu aufforderte. Es werde immer Menschen geben, die Bücher lesen und solche, die das nicht tun – unabhängig von ihrem missionarischen Eifer. Sie solle sich auf ihre eigentliche Begabung besinnen und die damit verbundenen Zielsetzungen verfolgen.

57

Bei der Prosa bleiben.

Die Anstrengung der »Fortdauer« schwingt positiv nach. Es gibt noch andere, näher zurückliegende Erinnerung.

Dora Dunkl nimmt sich in der bewährten Form des Zyklus ein Pensum vor: unter dem Generaltitel »Sonntage« sollen scheinbar lose Geschichten einander folgen, aber durch einen inhaltlichen Zusammenhang verbunden sein. Thematisiert werden eheliche Sonntagsrituale namenloser Paare in unterschiedlichen Milieus. Sie beherrscht mittlerweile das abstrahierende Schreiben, das den persönlichen Bezug zum allgemeinen werden läßt.

Der erste Text »Familie« ist eine Bestandsaufnahme bürgerlichen Inventars inklusive der handelnden Personen. »Herr Z. ist Inhaber eines gutgehenden Betriebes, einer gutgehenden Anwaltskanzlei, einer gutgehenden Arztpraxis oder dergleichen«, im Klischee dazupassend die (ver)sorgende Gattin und der orientierungslose Sohn.

An Sonntagen fühlt sich Frau Z. »wehrlos dem Erwachen preisgegeben, [...] je mehr sich ihr Bewußtsein schärft, desto größer wird das Unbehagen und der Tag nähert sich, bereits abgespult, von seinem Ende.« Herrn Z. wird die rituelle Sonntagsfrage »entgegengeschleudert«: »Was werden wir heute tun?« Er steht vor dem Spiegel, bindet seine Krawatte und es »überfällt ihn die Vorstellung, daß er die Krawatte morgen, übermorgen, überüberübermorgen genauso binden wird, und er sieht sich in seinem sonntäglichen Anzug zusammenschrumpfen wie ein Schalentier, das langsam austrocknet unter dem Panzer, aber die um ihn leben, bemerken es nicht.« An Sonntagen bricht die abgrundtiefe Leere auf, die jeder vor dem anderen verbirgt, um ihn nicht mit in die Tiefe zu reißen. Beim gewohnheitsmäßigen Betreten einer Kirche steht Frau Z. in einer von Sonnenstrahlen entstandenen Lichtsäule und »unbestimmt denkt etwas in ihr, wie es wäre, wenn sie in diese Lichtsäule träte und in ihr bliebe, bis die Lichtsäule mit der Sonne verginge.« Herrn Z. quält etwas, »was er nicht benennen kann, der große stille Raum bedrängt ihn, stülpt sich über ihn, sein Kopf ist ein Klöppel, und wenn er plötzlich mit seinem Kopf an die steinernen Wände der Kirche schlüge.«[75]

Die Geschichte habe einen Haushoferschen Tonfall, dieselbe Transparenz hoffnungsloser männlicher und weiblicher Innenwelt, sagt Heinrich; Marlen habe auf Dora abgefärbt, wahrscheinlich deshalb, weil sie deren Romane so oft zum Vortrag bringe. Nein, das sei kein Kompliment, aber schon gar nicht dessen Gegenteil.

Der zweite Text »Die Bucht« spielt im kargen Fischermilieu. Das Paar auf dem Hochzeitsbild schaut erschreckt mit »aufgerissenen Augen« in den Spiegel an der Wand gegenüber. »Der Spiegel zittert gefährlich, wenn man an ihm vorübergeht und das Brautpaar im Spiegel zittert mit, [...] der Blick der Braut von damals ist nicht mehr kostbar«, an Sonntagen hilft sie dem Mann beim Entwirren der Netze »barfuß, bis zu den Knöcheln im Wasser stehend. Ihre Füße könnten Meerestiere sein, bleiche, mit verkrümmten Fangarmen, die sich in den Meeresboden krallen.« [76]

Der Zyklus wird nicht fortgesetzt, es bleibt bei einigen Entwürfen.

Der geplante Lyrikband »Litanei von den Worten« erscheint nicht im Residenzverlag. Die Zusammenarbeit scheitert an persönlichen Differenzen zwischen Dora Dunkl und Rudolf Bayr. Nach außen heißt es, die Autorin sei außerstande gewesen, die Terminvereinbarung einzuhalten.

58

Müdigkeit, Migräne, Erschöpfungszustände. Am Morgen Duan, am Vormittag Cognac oder Campari, um die Hand ruhig zu halten. Dazwischen türkischer Kaffee. Pralinen als Mahlzeit. Ein Gast als willkommener Anlaß, eine Flasche Rotwein zu öffnen. Heinrich entgleitet die Schlüsselgewalt. Immer öfter muß er Besucher abweisen: Dora könne im Augenblick niemanden empfangen, es sei ihr nicht wohl, der Vorabend habe bis in den Morgen gedauert, sie müsse eine Arbeit zu Ende bringen und dürfe nicht gestört werden. Einladungen zum Abendessen werden in letzter Minute abgesagt. Es kommt vor, daß Heinrich eine angemeldete Reisegruppe selbst durch den Dunklhof führt und die Enttäuschung über das Nichterscheinen der erwarteten Hausherrin mit einer Kopie von »Mein Haus« zu entschädigen sucht.

Immer länger und sorgfältiger trägt sie schichtweise Schutzringe um Gesicht und Körper auf, um sich für den jeweiligen Auftritt zu wappnen. Er gelingt in unverändert strahlender Perfektion. Freunde, die es wagen wollen, mit ihr unter vier Augen zu sprechen, werden unsicher, ob sie das Ausmaß des Problems nicht überschätzt hätten und täuschen sich um der grandiosen Stimmung willen leichthin über die untrüglichen Anzeichen hinweg.

Einschlafschwierigkeiten begegnet sie mit harmlos spannender Lektüre von Ludwig Thoma etwa oder Agatha Christie. Mit herzlicher Begeisterung liest sie Karl Valentin, er versetzt sie auf schnellstem Weg in den

Zustand heiterer Gelassenheit. Oder sie verfaßt nächtliche Kurzkrimis, die sie Heinrich wie Kreuzworträtsel neben die Morgenzeitung legt.

Heinrich Dunkls Aktionsradius ist dem Alter entsprechend kleiner geworden, auch sein Interesse an Veränderungen. Auf der Chaiselongue hört er stundenlang klassische Musik und bricht dabei häufig in Tränen aus. Er schließt an die Hörerlebnisse der jungen Jahre an, sie waren geprägt vom Pianisten Walter Gieseking, seinem *Klaviergott*, dem er oft auf dessen Konzerttourneen gefolgt war. Und so wie bei seinen Reiseerzählungen wünscht er sich Dora als Zuhörerin an seiner Seite.

Hör, wie er Beethoven spielt, ohne verschleiernde Nebel des Pedals.

Ja, ich hör es, er spielt schön und klar.

Unpompös, ohne heroische Gipsbüstenmanier. Auch Mozart spielt er ohne Schnörkel, er spielt nur die Noten, die Mozart geschrieben hat, und es genügt.

Ja, er läßt die Töne atmen, sie sind leicht und frei, es ist wie mit den geglückten Worten.

Dora übernimmt das Volant bei Fahrten durch die oberösterreichische Landschaft. Ein Klappstuhl zum Verweilen: Heinrich fotografiert bei unterschiedlichem Licht die Vierkanthöfe auf leichter Anhöhe und die Mostbirnbäume am Rande der Feldwege. Rast und Einkehr in guten, einfachen Gasthöfen.

Dora Dunkl poetisiert das Bodenständig-Erdgebundene. Sie fühlt sich in eine archaische Landschaft gestellt, als Teil der ewigen Natur.

Im »Loblied auf den Mostbirnbaum« (1976) schlägt sie die Brücke vom goldenen Arkadien zum rauhen Bauernland:

» ... Ich weiß auf dieser Erde zwei Bäume, die für mich heilig sind: den Ölbaum, mit dem in sich verschlungenen Stamm und den silberlanzigen Blättern, der aus steinigem Boden seltsame Früchte zeugt, Kirschen des Mittelmeeres, bitter, wie die Früchte des anderen Baumes, des Mostbirnbaumes – und bist du angekommen, unter Mostbirnbäumen vor einem Hof, der, eine ländliche Burg, ziegelgemauert, auf einer sanften Bergkuppe liegt, das braungrüne Land überschauend, so wäre es möglich – wenn es dich im richtigen Augenblick trifft – daß du, wie in einem Olivenhain auf Korfu oder in der Toscana, in Mythisches eingehst, in Zeitlosigkeit, in einen schwebenden Zustand, aber du weißt, daß deine Füße auf der dunklen Erde stehen und daß die Fülle des Glücks von einer Fülle der Trauer kaum zu unterscheiden ist. ...« [77]

Ein Loblied als Pflichtübung (?). Das Liebesbekenntnis zum Mostbirnbaum als Zugeständnis zum bodenschweren Oberösterreich, ihrer zweiten Heimat. Geliebt hat sie den Ölbaum, den Süden, das Meer. Den Mostbirnbaum hat sie geschätzt, ihn als Ölbaumersatz hochstilisiert. Dora Dunkls Beziehung zu Olive und Mostbirn verhält sich wie zum unterschiedlichen Wortklang beider Früchte: die Olive, die ölig auf den Lippen zergeht; die schwerfällige Mostbirn, nach der sie sich wohl kaum gebückt und die sie wohl auch nicht gekostet hat. Aber wahr ist ihr Wunsch, beide Welten zu verbinden: »Apoll und Dionysos, auch hier eure Heimat …«

Abschied vom Süden, Älterwerden, sich in das Endgültige fügen. Das Bodenschwere zugleich auch »Halt vor dem Absprung, vor dem unwiderruflichen Außer-sich-selbst-Sein …«

Das »Loblied auf den Mostbirnbaum« – ein lyrischer Essay – wird 1981 im Steyrer Verlag Ennsthaler veröffentlicht und ist der bekannteste Text Dora Dunkls.

59

Heinrich Dunkl geht 1977 als freischaffender Architekt in den Ruhestand und widmet sich vermehrt der Verwaltung des Dunklhofs. Seine Schwester lebt den Hauptteil des Jahres bei ihrer Tochter in England, der Bruder ist nach dem Krieg nach Australien ausgewandert, so bleibt ihm allein die Last der Verantwortung. Das ganze Objekt ist nicht parifiziert und gehört den drei Geschwistern zu gleichen Teilen. Die Mieteinnahmen sind nach dem geltenden Friedenszins so gering, daß sie für die Erhaltung keinen Beitrag leisten. Die kleinen Wohnungen – zum Großteil ohne Wasser und ohne Heizung – müßten saniert werden, es sind jedoch außer den Pachteinnahmen von der Apotheke keine Barmittel vorhanden. Der befreundete Leiter des Amtes für Altstadterhaltung bemüht sich nach Kräften um öffentliche Mittel für die Renovierung der Fassade und die anfallende Erneuerung der Dacheindeckung. Eine Sisyphusarbeit angesichts der extremen Steildächer von 150 Metern Dachfirstlänge. Es bedeutet auch zahllose Amtswege und endlosen Schriftverkehr. Heinrich versucht, Dora in diese Obliegenheiten einzubinden, doch sie löst das Problem auf ihre Weise, spricht unangemeldet beim Bürgermeister vor, erklärt ihm, wie dringlich ein laufendes Ansuchen voranzutreiben sei und setzt voraus, daß er sich für die Sache persönlich einzusetzen habe. Mit gemeinsamer Anstrengung gelingt es über Jahre, die Bausubstanz des Hauses zu schützen.

Heinrichs immer häufiger auftretenden Schwächezustände verändern Doras Prioritäten. Zum ersten Mal ist sie in die unausweichliche Lage gebracht, sich als soziales Wesen zu beweisen: täglich, auf unabsehbare Dauer, ohne stützende Hilfe einer Pose. Eine geduldige, sich selbst zurücknehmende Begleiterin ist verlangt – nicht die Rolle einer solchen. Doch über die Rolle findet sie ins Spiel:

Liebster, ich will dein Schutzengel sein.

Mit Heinrichs Leben haushalten. Ein paar Schritte vors Haus, halbstündige Abendspaziergänge im Park mit Ruhepausen. Das langsame Nachlassen seiner Lebensäußerungen ohne nachweisliche Krankheit. Er duldet nur mehr die engsten Freunde um sich, hat am liebsten Dora in ständig greifbarer Nähe.

Bleib da und erzähl! Lies vor! Ruf an! Beantworte den Brief! Ordne die Belege ein!

Und Dora tut wie ihr geheißen, mit dem Eifer eines Kindes, das für ein Lob des Vaters alles zu tun gewillt ist.

Sie kommt Heinrichs Wunsch nach, den Elisenkuchen seiner Ur-Ur-Großmutter nachzubacken, hält sich im großen nach dem gehüteten Rezept und ergänzt es mit eigener kreativer Zutat: » … So steht es im Rezept, ich gebe jedoch reichlich Gin oder Cognac dazu. Der Teig soll feucht sein! … Ich verzehre jedes Mal ein großes Stück davon in rohem Zustand, esse nachher Essiggurken und trinke Bier. … Als Kleidung nur Jeans – wegen des klebrigen Zuckergusses – und nach dem Backen ein Bad …« [78]

Ebenso erfüllt sie Heinrich den wiederholt geäußerten Wunsch, mit ihm noch einmal auf den Dachstein zu fahren und im Hotel Krippenstein zu übernachten, dessen Inneneinrichtung er Ende der fünfziger Jahre gestaltet hatte: just zu der Zeit, als ihm eine gewisse Waltraud schicksalhaft über die Brücke lief. Und wenn möglich, noch einmal den Blick über den Traunsee vom Bootshaus aus – sonst habe er keine Wünsche.

Er ordnet seine entscheidenden Lebenssätze in der Reihenfolge ihrer Bedeutung:

Wir alle leben im Schatten der Erbsünde.
Die Haltung allein entscheidet.
Denn unsere einzige Rechtfertigung ist die Liebe.
Vita somnium breve est.

60

Der Augustiner Chorherr Augustinus Kropfreiter, Komponist und Stiftsorganist von St. Florian, ist seit Mitte der 70er-Jahre Dora Dunkls künstlerischer Begleiter an der Orgel und am Cembalo. Sie sind aufeinander in schöpferischer Ergänzung eingestimmt, bedürfen nur kleinster Zeichen der Verständigung zwischen Wort und Musik. Frei improvisierend verwandelt er ihre Bilder in Klänge, verstärkt spontan und eindringlich die lyrische Botschaft, öffnet die Sensibilität der Zuhörer für die Übergänge vom Bewußten zum Unbewußten in den »Traumgedichten« [79] von Dora Dunkl:

Sie geht auf nackten Sohlen durch ihr Treibhaus, grüne Schlangen umwinden die Füße, sie erwacht mit Malen am Leib: der Traum ist wahr.

In ihrem Treibhaus sieht sie nach den Rosen, aus einer Knospe von rosigem Wachs kriecht ein blickloser Wurm: er findet ihre Nähe und sieht sie an.

Seidene Bänder um den Hals oder solche aus Dornen, die Hände gebunden, um die Fußknöchel Stricke mit Goldglanz.

Es singen die Mauern bei Nacht, Risse in der Behausung lassen Sterne ein, der Morgen ist weit, wer weiß, ob es ihn gibt.

61

Heinrich stürzt im Bad und bricht sich die Hüfte. Im Krankenhaus bekommt er eine Lungenentzündung, ist zu schwach für eine Operation und wird in häusliche Pflege entlassen. Bettlägrig, meist dämmrig und teilnahmslos. Dora ist Zeugin des lautlosen Zerfalls. Sie schenkt ihm uneingeschränkt ihre Nähe, und es fällt ihr leichter, als sie je geglaubt hatte. Sein ruhiges Daliegen ist für sie eine erhabene Spielart von Schönheit. Aus seinem vertrauten Gesicht sind Ehrgeiz und Leidenschaft gewichen, geblieben sind die edlen Züge und ein Ausdruck, wie wenn er etwas wüßte, worüber er zeitlebens geschwiegen hat, so, als wäre er im Besitz der Wahrheit.

Wie langsam ich sterbe.

Wie stark du bist.

Könnte ich beten!

Ich tu es für dich.

Dora ist erfinderisch beim Überwinden unwegbarer Hindernisse. Wenn Heinrich vom Schlafzimmer in das Atelier wechseln will und keine Hilfe da ist, legt Dora ihn auf eine Decke und zieht ihn von Raum zu Raum. Wenn er die anstrengende *Rumpelfahrt* am selben Tag kein zweites Mal erdulden will, bettet sie sich zur Nacht auf den Boden neben ihn. Wenn ihre wesensmäßige Ungeduld aufblitzt, herrscht sie ihn an, er möge ohne Widerspruch das tun, was sie für gut befinde, sonst müsse sie sich nach einer Krankenschwester mit Häubchen umsehen.

Heinrich Dunkl stirbt am 12. Dezember 1978. Er hinterläßt sein Testament der Liebe:

»Unendlich Geliebte! Das Bewußtsein, wie sehr ich Dich liebe, kommt plötzlich und stark über mich, so wie eine Gewißheit, die mich überfällt, unerwartet und heftig. Immer neue Bilder der Erinnerung tauchen auf. Stunden, die lange vergangen sind, erlebe ich noch einmal, ganz gegenwärtig. So wie damals im Mozarteum. Es war bei den ersten Takten des Brandenburgischen Konzertes. Ich schaute auf Dein Gesicht, das die Töne voll Aufmerksamkeit in sich aufnahm. Die eben noch gespannten Linien flossen weich auseinander, der Hauch eines selbstvergessenen Lächelns glitt darüber hin, und wie unbewußt tastete Deine Hand zu mir herüber. Manchmal kann ich es mir kaum vorstellen, daß ich so viel Glück und Schönheit ertragen konnte und nicht die Hände zum Himmel erhob, um zu danken, immer wieder zu danken. ... Noch etwas, geliebte Frau, sollst Du wissen: die Tragödie des Parallelen hat eine zweite Version, nämlich die mathematische: Parallelen sind Linien, die sich im Unendlichen schneiden. Alle anderen Linien schneiden sich im Endlichen und laufen dann in aller Ewigkeit auseinander. So sind unsere Lebenslinien wie zwei Parallelen, die ewig zueinander streben. Eng nebeneinander laufen sie durch die Zeitlichkeit, ein Kraftfeld, das zwischen beiden strömt, hält sie ewig zusammen. Immer geringer wird der Abstand, bis sie am Ende der Tage zusammentreffen und zu einer einzigen großen Flamme verschmelzen.« [80]

Wie nach Joachims Tod trägt sie ein Jahr lang das schwarze Kleid als sichtbare Hülle des Schmerzes. Der Verlust des Lebensmenschen verändert schlagartig ihre Befindlichkeit:

»Fledermausnächte / im Gebälk / Lianen ersticken / den Garten« [81]

Der Dunklhof als Fessel täglicher Pflichterfüllung. Ein undichtes Wasserrohr versetzt sie in Panik, der Kaminfeger zerstört ihren Tag. Früher erhaben über die Widrigkeiten des Alltags, gibt ihr jetzt jeder Zwischenfall Anlaß zur Klage. Am Morgen, nach schlafloser Nacht, ruft sie die Freunde an oder pocht an der Tür der Schwägerin, quer über den Hof: Handwerker stünden vor der Tür, die sie gar nicht bestellt habe, unbezahlte Rechnungen würden eingemahnt, irgendwelche Namen riefen sich ihr in Erinnerung und stellten verjährte Forderungen, Fremde drängten bis in private Räume vor, Männer erwiesen ihre Ehrerbietung und knieten vor ihr nieder, der Wein im Gartenhaus sei vergiftet, der Schildkröterich habe sie aus Eifersucht gebissen, der neue Apothekenleiter sei absolut humorlos, wo zum Teufel verstecke sich der Schlüssel zum Safe. Sie könne sich auf nichts Wichtiges konzentrieren, Tag und Nacht gingen unterschiedslos ineinander über – das alles sei nur schwer zu ertragen.

Als der Zauber der Ausstrahlung versagt, bekommen Dora Dunkls Auftritte eine tragische Dimension. Sie ignoriert das Altern und beharrt auf der Fortdauer der

Bewunderung ihrer unvergänglichen Schönheit. Sie hat keine andere Wahl, um weiter sie selbst zu sein. Die Bühne, die Serenade, der Empfang verlieren das Leichte, werden als erstarrte Rituale abgespult. Bei öffentlichen Veranstaltungen erzwingt sie die ihr zustehende Achtung und Courtoisie: Schauen Sie mich an, wenn Sie mit mir sprechen! Stehen Sie auf, junger Mann! Geleiten Sie mich an den Tisch! Reichen Sie mir die Stola! Die Veranstalter sind eingeweiht, sie reservieren den Ehrenplatz neben dem Hofrat, dem Politiker oder dem Künstler, kühlen den Sekt, bestimmen die Tänzer und Gesprächspartner. Die Verehrer entschuldigen sich oder bleiben weg.

Beim tausendjährigen Jubiläum der Stadt beherrscht Dora Dunkl noch einmal routinemäßig ihre Rolle. Sie und der Dunklhof repräsentieren eine nicht wegzudenkende Einheit. Sie geben Steyr sein kulturelles Gesicht und sind ein gesicherter Punkt im Besichtigungsprogramm der Touristenströme. Man braucht sie als Gütesiegel für Festakte und zur Demonstration bildungsbürgerlicher Gesinnung. Trotz der übermäßigen Belastung – »es heißt, es kommen zehn Leute, und dann stehen auf einmal fünfzig da« – ist sie mit scheinbar ungebrochener Vitalität in ihrem Element. Das »Loblied auf den Mostbirnbaum« wird als Nachweis oberösterreichischer Heimatliebe jedesmal angestimmt, »Steyr, die stolze Stadt der Eisenherren« ist ein Text wie gerufen, um in Teilen oder als Ganzes für das Jahrtausendereignis zu werben. Der Serenadenabend 1980 ist naturgemäß auf diesen Inhalt zugeschnitten: Dora Dunkl rezitiert

Heinrich von Ofterdingens ›Abschied von der Styraburg‹ und Franz Grillparzers ›Preislied auf Österreich‹ zwischen Suiten Paul Peuerls, des Steyrer Komponisten aus der Renaissance.

Parallel und als Gegengewicht zu den traditionellen Feierlichkeiten profiliert sich eine junge lokale Autorenschaft mit Arbeiten zu den Themen ›Zeitgeschichte‹ und ›Industrielle Arbeitswelt‹. Der Wehrgraben ist gerettet, die Avantgarde identifiziert sich mit dessen Geschichte.

63

In den eigenen vier Wänden fällt Dora auf sich zurück und in sich zusammen, fühlt sich als gefangene Bewohnerin des Elfenbeinturms : »die Worte / gespenstern / und / heulen / ums Haus«.

Sie hat keinen Zugang zum harmlosen Wie-gehts-Gespräch über den Zaun, keine Sehnsucht nach einem Enkel am Schoß. Sie lebt in der Vergangenheit mit Heinrich, konserviert dessen hundert Anzüge, Sakkos, Krawatten, handgenähte Schuhe »vom kaiserlich-königlichen Hofschuhmacher in der Bräunerstraße« wie die Hüterin eines Kostümfundus. »Ganz liebe Menschen« bekommen das eine oder andere Stück als besonderen Vertrauensbeweis ausgehändigt. Dem Lieblingsmieter schenkt sie die birkengrüne Rohseidenkrawatte mit der Versicherung, sie habe eine aufhellende Wirkung bei depressiver Stimmung. Die monogrammbestickten Hemden sind unübertragbar, weil sie nach kuriosem eigenen Entwurf als Hemd und Unterhose in einem Stück geschneidert sind – so konnte sich Heinrich bei jeder Bewegung des korrekten Sitzes sicher sein. Wie oft hat Dora ihn deswegen verlacht, besonders wenn sich so mancher Nachteil des Patents erwies.

Das Atelier beläßt sie als verewigtes Bühnenbild des Architekten, mit dem Reißbrett, den Plänen und Maßstäben; ein aufgeschlagener Architekturführer liegt auf dem Zeichentisch. Den Weinschlüssel an der goldenen Kette nimmt sie als verbotenes Kleinod an sich. Auf der Chaiselongue vertieft sie sich in Heinrichs Tagebücher und Korrespondenzen. Sie sucht nachträglich die Bestätigung für etwas, wovon sie hofft, es möge wahr gewesen sein: dieses »du / wärmst mich / und / ich wärme / dich / so / sind wir / inmitten / der Zeit«.

Sie weiß sich von Heinrich geliebt, doch will sie wissen, ob sie für ihn – wie er für sie – das alleserfüllende Wesen war, ob auch sie einen Anteil an seiner Menschwerdung hatte oder ob der Dialog Lehrer / Schüler nur in eine Richtung ging. Andeutungen, indirekte Hinweise, kleine Zeichen nimmt sie als Beweise für ihre Hoffnung. Sie findet buchhalterische Eintragungen über Ort, Zeit und Art der Vereinigungen ihrer Liebe. Mehr als einmal den Vermerk, sie habe ihn zum Beten gebracht. Vor allem aber seine altmeisterliche Sorge, ob sie bar jeder Eitelkeit und Koketterie die Worte mehr und mehr von innen her zum Strahlen bringe, ohne grelles Scheinwerferlicht von außen. Sie beide hätten bis zur Erschöpfung ihre ganze Energie in die ästhetische Ausrichtung des Lebens gesteckt. Er habe die zur Darstellung drängende Veranlagung Doras verstärkt, aus der Erkenntnis, daß es die einzige Möglichkeit ihrer Existenz sei. Sie habe ihr Bild auf die Straße getragen. Sie habe den Schein aufs äußerste kultiviert und dadurch das Banale und Vulgäre veredelt. Hinter ihrem narzißtischen Gehaben verberge sich ein geringes Selbstbewußtsein. In der Oberfläche läge ihre Tiefe. Nur die Kunst sei ihre Natur. Er habe Angst, sie könne an dieser Spannung zerbrechen. Und er bittet Hans, den Sohn, sich um seine Mutter zu kümmern, wenn er nicht mehr sei. Die Hausverwaltung möge ein großherziger Mensch übernehmen, er denke an Dr. G. Den Alkohol solle man über die Apotheke bestellen, vielleicht könne Hans die Lieferungen von weitem überwachen. Es wäre wohl am besten, wenn der Apothekenleiter sich zum partiellen Kauf des Hauses entschließen könnte und Dora ihren Anteil an der Apothekenpacht in Form einer Leibrente erhielte. Die Goldstücke im Safe seien als eiserne Reserve gedacht. Er habe zeitlebens keine Krankenversicherung abgeschlossen und er habe kein Vermögen angehäuft, es mangelte ihm zeitlebens an Ehrgeiz zum Geldverdienen, seinen Verdienst habe er in die Instandsetzung seines Wohntraktes und in beider Lebensführung gesteckt, die für den Beobachter vielleicht luxuriöser schien, als sie es tatsächlich war. Es brächte ihm den inneren Frieden, wenn Anton Oberleitner ihm vergäbe.

64

Hans befindet sich auf privatem und beruflichem Höhenflug. Er ist Physiologe, ein hervorragender Wissenschaftler, verheiratet und hat drei Kinder. Während Doras kritischer Jahre ist er mit seiner jungen Familie in den USA, arbeitet an einem Forschungsprojekt an der Yale Universität in New Haven. Die Mutter ist – auch innerlich – weit weg. Der Kontakt beschränkt sich auf einen spärlichen Briefwechsel, aus dem Doras Einsamkeit, ihre Phantasien und ihr durch den Alkohol verengtes Leben offenkundig werden. Der Sohn ist besorgt, er ist betrübt, aber er kann nichts dagegen tun. Wohl rechne er mit baldiger Rückkehr nach Europa – eine Professur in Würzburg sei ihm in Aussicht gestellt – dann werde er ihr beistehen, aber das Thema Haidershofen – Dunklhof sei für ihn durchlitten, er würde als letzter die beiden Welten wieder in Verbindung bringen wollen.

Waltraud beschäftigt sich mit Psychologie und in deren Folge mit Maltherapie. Die Mutter ist häufig das Thema ihrer Bilder: das Überhöhte, das Maßlose und Grenzenlose, das sie von klein auf ängstigte, versucht sie zu verarbeiten. Sie erinnert sich, daß sie als Kind der Mutter die kompliziertesten Geschenke machte. Einmal gab sie ihr eine Spanholzschachtel, voll mit Sand, darin war ein Gedicht versteckt, mit dem Inhalt, sie befände sich in einer Wüste, forme aus Sand unentwegt verschiedenste Formen, die Arbeit endete im Schmerz, weil sie nie getan war, schließlich suchte sie die Spur zurück, die sie in die Wüste geführt hatte.

Die Beziehung zur Mutter verändert sich behutsam zum Guten. Das Monument, vor dem die Tochter bisher stand, ist ohne Fundament, droht einzustürzen und braucht Halt. Es gibt Parallelen in beider Leben, die sie einander näher bringen. In der Ehe ist Waltraud auf anderen Wegen, ein älterer Mann tritt in ihr Leben, auch Alkohol spielt eine Rolle. Bei ihrer letzten Begegnung im Dunklhof ist Waltraud zum ersten Mal der Mutter nahe. Befreit von jedem Zwang, sind beide milde zueinander, verspüren den starken Wunsch, es möge alles in einem Satz gesagt sein. Und plötzlich, ohne Übergang sagt Dora:

Jetzt verstehst du mich, und ich verstehe dich.

65

Der Griff zum Hörer wird zur täglichen Droge. Stundenlang, bei Tag und bei Nacht, spricht sie sich von der Seele, was sie bedrängt und beschäftigt. Sie überschreitet die Schwelle gesicherter Wahrnehmung. Die Freunde – an ihre übertriebene Bildsprache gewöhnt – nehmen die verschlüsselten Hilferufe nicht wahr. Sie glauben, anteilnehmendes Zuhören genüge als therapeutische Zuwendung. Mitteilungen wie »die Kamine fallen mir stückweise auf den Kopf«, »sie wollen meinen schönen Kopf«, werden für Alpträume gehalten, die Ankündigung »morgen reite ich auf meinem Schimmel über den Stadtplatz«, wird als metaphorische Ausfahrt mit dem weißen Alfa gedeutet, Aussagen wie »mein Vater durfte sich edler Ritter von Schottenloher nennen« oder »Heinrich traf sich mit Fernand Léger am Montparnasse«, entsprächen vermutlich den Tatsachen.

[…]
Doch eines Tages
hole ich
mein weißköpfiges Pferd
aus dem Stall
und reite
über Tauwiesen
über Asphalt

hin zu
den duftenden Bäumen

zum endlosen Wasser

in dem die Erde
noch schwimmt. [82]

Als Dora im Zuge der Aufarbeitung der Erinnerung auf eine Truhe mit Morphiumampullen stößt und in Panik gerät, wird ihr nicht geglaubt. Zu deutlich scheint der sinnbildliche Zusammenhang zur verletzten Kindheit. Aus Briefschaften geht hervor, daß einer der Gründe, warum Heinrichs Bruder – ein Internist – sich nach Australien absetzte, eben die nicht zu verbergende Sucht gewesen war. Heinrich hat aus gutem Grund darüber geschwiegen.

Flucht

Flüchtest
du auch
in einen Wald
leisen Schritts
auf einen Nadelteppich

es holt dich doch
alles ein [83]

66

Am 13. Oktober 1982 lädt Dora Dunkl wie jedes Jahr zum Geburtstag, wie immer ist der Tisch aufs erlesenste gedeckt und geschmückt, wie immer wird sie den vertrauten Menschen zuerst ihre zuletzt verfaßten Gedichte vorlesen. Wenige sind gekommen, Gertrud Fussenegger und einige Freunde des PEN-Clubs. Eine kleine Tischgesellschaft gruppiert sich um sie. Eine betretene Stille breitet sich aus, es fällt schwer, so zu tun, als bemerke man die Verfremdung nicht:

»Wir haben den fortschreitenden Verfall nicht so deutlich gesehen, weil sie sich in ihrem Elend nicht anschauen ließ, bis zuletzt Haltung zeigte und die Maske aufbehielt. Das Abgleiten zeigte sich im Detail: der Rock verrutscht, die

Dora Dunkl um 1982

Stöckelschuhe abgetragen, der Mund grotesk vergrößert. Dieser letzte Geburtstag war gespenstisch. Eine einzige Kerze brannte in dem riesigen Raum und gab ein mystisches Licht. Dora trank und verschüttete Sekt, rührte keinen Bissen an, es fröstelte sie. Sie erhob sich unvermittelt und begann zu lesen, wiederholte eindringlich die Worte ›Orplid, mein Land!‹ Die handgeschriebenen Zettel kamen ihr durcheinander, sie wurde fahrig und zitterte, wurde wütend und schrie, wir sollten alle gehen, sie könne uns nicht mehr ertragen. Sie riß, wie einst Heinrich, die Fenster auf. Wir stoben davon.« [84]

Zwei Wochen später findet die Bedienerin Dora Dunkl auf dem Boden liegend, geschwächt, unterkühlt und bei nicht klarem Bewußtsein. Die *liebe gnädige Frau* habe die Nacht in Gesellschaft verbracht, sei nach Weggang des Besuches gestolpert und gefallen, habe nicht mehr die Kraft gehabt, den Schlafraum zu erreichen und habe beim Versuch, dorthin zu gelangen, vom Wasser einer Blumenvase getrunken. Was solle jetzt mit ihr geschehen.

Der Gang ins Spital ist unerläßlich. Dora weiß über ihren Zustand Bescheid, sie fügt sich ohne Widerstand, wenn auch gegen ihren Willen. Sie läßt sich ein »schönes weißes Nachthemd« besorgen, und einen »schwarzen Schlafmantel aus Samt«, packt ihren Handkoffer für einen unbestimmt langen Aufenthalt, überantwortet Jaromir dem Lieblingsmieter, streicht Alfa und Jaguar über die Kühlerhaube wie über das Haupt ihrer Kinder. Dabei entdeckt sie in einem Winkel der Garage eine Flasche Cognac, ist tief gerührt und sagt: »Die hat Heinrich für einen besonderen Tag für mich versteckt!«

Die Goldstücke werden für das Einzelzimmer verwendet. Der Befund lautet: alkoholische Hepatitis mit Leber- und Nierenversagen. Die geistigen Verwirrungen der letzten Wochen und Monate seien auf die Wirkung giftiger Substanzen im Gehirn zurückzuführen.

Dora sagt ja zur Dialyse, stimmt dem Entzug zu und unterläuft ihn zugleich. Sie ist eine ruhige, duldsame Patientin, alles was man ihr an exzentrischem Verhalten zuschreiben würde, trifft nicht zu. Man tut ihr gern etwas zuliebe. Es ist ihr wichtig, täglich nach ihrem Sinn geschminkt zu sein – »lieber nackt als ungeschminkt« – und die Freundin ist froh, ihr diesen Wunsch zu erfüllen. Ein anderer stellt ihr Blumen ans Fenster oder »einen frisch gebrochenen Zweig«, dort, wo »ein flügellahmer, ungeschminkter Vogel mir täglich ins Auge blickt.«

Anton Oberleitner steht am Fußende ihres Bettes und versichert sie seiner Liebe mit den Worten *weißt du noch ..., spürst du noch ..., erinnerst du dich noch ...* und bittet sie um Vergebung, daß er ihrer Veranlagung nicht genügend Rechnung getragen und sie dennoch für eine Lebensbindung beansprucht habe. Sie lächelt und sagt, ihre Leber sei in Auflösung begriffen und fragt, ob das schlimm sei und wie diese Auflösung vor sich gehe. Er antwortet, das bedeute das Ende, aber es sei nicht schlimm zu ertragen. Sie komme in einen schwebenden Zustand zwischen Träumen und Wachen, bevor sie in den tiefen Schlaf falle. Er werde sie begleiten.

Die Augen haben sich abgestoßen
und wandern durchs Zimmer
verklammert noch
zwei Augen

räumlich sehen
oder
Wundräume fühlen

der abgehäutete Raum
legt sich
auf Schulter Nabel und Zehe
und er häutet uns ab

und wir legen unser hautloses Fleisch
aus in den Wundraum [85]

Was träumst du? fragt die Tochter.

Männer schwingen Hämmer über meinem Kopf, aber ich trage ein weißes Kleid!

Ich höre die Schildkröte schreien, man hat ihr den Panzer vom Leib gerissen!

Der Vogel am Fenster legt sein Gefieder ab.

Blumenwiese ... Ringelreihen, ... tandaradei ...

67

Am 3. Dezember 1982 stirbt Dora Dunkl – wie ihre Mutter – im achtundfünfzigsten Lebensjahr, versehen mit den heiligen Sakramenten, in Schönheit und Würde, ohne zu klagen.

Luft
die ich niemals
geatmet

Erde
die ich niemals
geküßt

Blumen
die ich niemals
liebkoste

Arm
in dem niemals
ich schlief

dennoch
bist du

Orplid
mein Land[86]

Ich habe Dora Dunkl vor mehr als dreißig Jahren über Marlen Haushofer kennengelernt. Sie war damals Zentrum und Blickfang des literarischen Lebens in Steyr. Unsere Freundschaft entwickelte sich herzlich und spontan, frei von jeglicher Absicht.

Was mich wirklich antrieb, über Dora Dunkl zu schreiben, ist die einseitige Wahrnehmung ihrer Persönlichkeit aufgrund der äußeren Erscheinung.

Ihre Wurzeln, die Geschichte ihrer Jugend, ihr Tatendrang, ihr maßloser Wille zur Vollendung, ihre Zweifel, Ängste und Sehnsüchte, ihre verletzliche Seele, ihre absolute Hingabe an die Liebe und an die künstlerische Existenz, die Qualität ihrer Lyrik und Prosa sind nur wenigen bekannt.

Ich habe versucht, die Bilder ihrer Innenwelt und ihren literarischen Stellenwert in ein stärkeres Licht zu rücken.

Marlene Krisper Steyr, im Juli 2003

DANK

Ich danke allen, die mir durch Gespräche und Informationen bei der Entstehung meines Buches geholfen haben. Ich sprach mit: Inge und Gustav Demuth, Gerda von Dox, Anton Fink, Hedi Fink, Karolina Friedl, Gertrud Fussenegger, Elisabeth Grohs, Marta Haupt, Walter Kerbl, Augustinus Kropfreiter, Karl Mayer, Rudolf Meidl, Ludwig Michl, Helene Möstl-Polanz, Karl Mostböck, Elisabeth Pasquay, Gerhard Pilz, Helga Porpaczy, Elisabeth Prack, Sieghilde und Franz Prummer, Christine Reisner-Kollmann, Karl Scheuer, Norbert Elmar Schmid, Friedrich Schmollgruber, Andreas Schnabl, Betty Schottenloher, Ingeborg Steinmayr, Anna Szewzyk, Andrea Troup und Adele Werner.

Gerda Hack überließ mir freundlicherweise ihre ›Hausarbeit aus Deutsch‹ über Dora Dunkl.

Dem Stifter Institut des Landes Oberösterreich danke ich für Fotokopien von Quellmaterial.

Vor allem danke ich Waltraud Gerber und Hans Oberleithner für ihr Vertrauen in meine Arbeit und für die vorbehaltlose Offenlegung von Tagebüchern, Briefwechsel und Fotomaterial ihrer Mutter.

Till Mairhofer und Erich Fröschl danke ich besonders für ihre freundschaftliche Unterstützung, ihre Geduld und Professionalität.

TEXTNACHWEISE

Häufig zitierte Schriften sind unter folgenden Abkürzungen angeführt:

Dora Dunkl: »Ein Haus aus Stein, Gesammelte Werke«, herausgegeben von Till Mairhofer, Steyr, 1992 (GW)

Waltraud Schottenloher:
»Unveröffentlichtes 1943–1945« (UV)

Briefwechsel Waltraud und Anton Oberleitner,
1944 (BW1)

Briefwechsel Waltraud Oberleitner (Dunkl) und Heinrich Dunkl, 1957–1958 (BW2)

Heinrich Dunkl:
»Tagebuchaufzeichnungen 1925–1978« (TA)

Alle übrigen Zitatnachweise sind den Quellenangaben zu entnehmen.

1 Friedrich Schmollgruber
2 GW S. 212
3 GW S. 185
4 GW S. 166
5 GW S. 213
6 UV
7 UV
8 GW S. 205f.
9 GW S. 107
10 UV
11 BW1
12 BW1
13 UV

14 GW S. 226
15 UV
16 GW S. 235
17 Welser Wochenblatt vom 8. 3. 1946
18 Steyrer Zeitung, März 1949
19 GW S. 231f.
20 Linzer Volksblatt, November 1950
21 GW S. 231
22 aus: »Die Versuchung, eine Novelle«, in: »Seltsame Wege« Anthologie, Stiftsbibliothek St. Florian, o.J. S. 4
23 a.a.O. S. 2–21
24 a.a.O.
25 GW S. 233
26 Waltraud Gerber
27 a.a.O.
28 Auszüge aus Tonbandaufzeichnungen von Gesprächen mit am Ende des Buches genannten Personen, gegebenenfalls gekürzt oder monologisch (im Wortlaut leicht verändert) wiedergegeben.
29 Brief an Anton Fink, 1954
30 a.a.O.
31 a.a.O.
32 Aus Briefen & Poemen des Herrn Mösli, 1955
33 GW S. 41
34 Aus Briefverkehr Dora Dunkl und Axel Corti 1955
35 a.a.O.
36 siehe 28
37 TA
38 a.a.O.
39 a.a.O.
40 a.a.O.
41 BW2
42 UV »Der Seiltänzer« 1. Fassg. 1958
43 BW2
44 a.a.O.
45 a.a.O.

46 siehe 32

47 BW2

48 GW S. 67 (vgl. Anm. 42)

49 Waltraud Gerber

50 BW2

51 BW2

52 Wohnhaus der Familie Dunkl seit 1910. Eines der stattlichsten Bürgerhäuser Steyrs, zu einem Gesamtensemble vereinigt in mehr als hundertjähriger Bauzeit (Beginn um 1520). Der hintere Abschluss des zweigeschossigen Arkadenhofes ruht im Erdgeschoss auf spätgotischen Pfeilern, im Obergeschoß auf toskanischen Renaissancesäulen. Im Hof fanden die Serenadenabende, im Obergeschoß die Empfänge statt.

53 Dora Dunkl: »Steyr – die stolze Stadt der Eisenherren« in: Merian XXV. 11, 1972.

54 GW S. 48f.

55 GW S. 15ff.

56 GW S. 297ff.

57 BW2

58 Gertrud Fussenegger in GW S. 7f.

59 GW S. 38

60 Hans Oberleithner

61 TA

62 GW S. 160, 148, 150, 155, 163

63 GW S. 112

64 GW S. 95

65 Gertrud Fussenegger: aus »Abschied von Dora Dunkl«

66 GW S. 110

67 Othmar Capellmann, Linzer Volksblatt, 23. 2. 1973.

68 Anna Szewzyk

69 GW S. 90f.

70 Daniela Strigl: »Marlen Haushofer. Die Biographie«, München, 2000, S. 322

71 GW S. 115ff.

72 GW S. 184

73 siehe 53
74 GW S. 275f.
75 GW S. 245, 243, 247, 248, 252, 253
76 GW S. 260, 262
77 GW S. 333
78 Brief an Birgit Oberleithner
79 GW S. 287ff.
80 TA
81 GW S. 341
82 GW S. 358
83 GW S. 294
84 siehe 28
85 GW S. 355
86 GW S. 356
Vgl. Anhang GW S. 375, Till Mairhofer: Orplid ein dem Griechischen angelehnter Begriff erfunden von Eduard Mörike … Das Land Orplid gilt als Atlantis der Sehnsucht.

ABBILDUNGSNACHWEIS

Waltraud Gerber und Hans Oberleithner, Wien/Münster, S. 11, 25, 42, 52, 62, 68, 80, 82, 97, 107, 125, 127, 156, 157, 159, 165, 168; Walter Kerbl, Steyr, S. 120, 205; Ludwig Michl, Steyr, S. 140; Marlene Krisper, Steyr, S. 178 o.; Josef Drausinger, Steyr, S. 178 u.

2. Auflage

Satz u. Reproduktionen: Holger Huber
Druck: ATZ-Druckwerkstatt
Gesetzt in der Walbaum MT
Lektoriert von Till Mairhofer

ISBN 3–902207–13–2